3

* * *

Kovrila kaj rubrikaj bildoj: Marc van Oostendorp
(pere de apo por artefarita intelekto)

Prezento

de Probal Daŝgupto

Iam sin sekvis krizoj en mia ekzistomedio: disfalanta sanstato de gepatroj, transiro al nova laborejo, remigro al la regiono parolanta mian gepatran lingvon, protestaj murmuroj rilate al tiuj transirdecidoj, neatendita malstabiliĝo de la politika klimato en tiu regiono kelkajn tagojn post nia transloĝiĝo. Reage al tiu lavango, la fikciolegaj nervoj en mia cerbo decidis agi. Ili strikis. Dum pluraj monatoj, mi trovis min ne povanta legi ian ajn fikcion. Rigardi la paĝojn estis vana fortostreĉo: ĉion kovris densa nebulo. Ĉiuj, ĉiaj roluloj aspektis fremdaj, nekompreneblaj.

Mi estas sistema kataloganto kaj nomanto. Tial "ĉiuj komprenos kial" mi tuj baptis la fenomenon per taŭga nomo: *emocia anesteziĝo*. La facilanimeco reganta mian anhelan spritemon igis min tute ne rimarki ke tiu mia senpripense elektita nomo trafis vere atentindan klavon. An-estez-o estas, greke dirite, la malo de *estezo*. Temas do pri tute specifa nepovo. Pri la malkapablo *estezi*. Pri la nepovo eniri la *estetikan* dimension kie mi ordinare renkontas, en mia propra sentado kaj senteĥado, la sentojn de aliaj homoj. Tiuj sentoj, por esti renkonteblaj, devas aperi zorge vestitaj, danke al la fantazio de iu verkisto. Nur la arto liveras konkretan ejon por la esenca renkontiĝado inter mi kaj la diversa vivo de aliaj mioj. Kial estas "esencaj" tiuj renkontiĝoj? Ĉar, sen ili, mi enĵetiĝas en la nulecon de senspecifa ekzisto.

Dum *tiuj* monatoj, mi ne nur malkapablis kunpromeni kun fikciaj roluloj en iliaj sentado, pensado, agado; same maleblis al mi entute senti ion ajn. En tiu kriza tempo mia organismo evidente decidis malŝalti sian emocian ilaron, por ke la subite enormiĝinta ŝargo de draste novaj respondecoj ne okazigu plenan paneon.

Estimata leganto, bonvolu ne enfali en similan krizon en via propra vivo; prefere tiru unu-du lecionojn el *mia* krizo. Akceptu la plej

Beletra Almanako (BA)

www.beletraalmanako.com

ISSN 1937-3325

Aperas numeroj februara, junia kaj oktobra.

N-ro 48 (Oktobro 2023; 2023/3). ISBN 9781595694683

Eldonas: ©2023: Mondial, Novjorko (Usono)

Respondeca eldonisto: Ulrich Becker

Redaktas: Probal Daŝgupto, István Ertl, Jesper Lykke Jacobsen, Suso Moinhos, Nicola Ruggiero, Anina Stecay. Teknika asisto: Tim Westover

Kovrila kaj rubrikaj bildoj: Marc van Oostendorp / artefarita intelekto

---

Kiel mendi / aboni? Jen du ebloj:

❶ **Por ricevi de nun aŭtomate ĉiun novan numeron de BA (ĝis eventuala malmendo), skribu retmesaĝon al libroservo@co.uea.org kun la indiko "Konstanta mendo de BA".** Zorgu nur havi sufiĉe da mono en via UEA-konto. UEA debetos vian konton je ĉiu nova numero.

❷ Ankaŭ plu eblas (pli kosta) jarabono rekte ĉe Mondial. La **prezo** de jarabono de BA (3 kajeroj) dependas de via loĝloko (la sendokostoj estas jam inkluditaj): en Usono US$ 48.00, ekster Usono € 46.00.

Grandaj rabatoj por abono de pli ol unu ekzempleron!

Pagu al la konto de Mondial ĉe UEA: move-x, kaj informu la eldonejon pri via pago (skribante al informo@librejo.com). **Prefere abonu tra UEA: libroservo@co.uea.org (vidu supre).** Eblas ankaŭ pagi rekte al bank-kontoj en Eŭropo aŭ Usono. Demandu la eldonejon (informo@librejo.com).

Por aĉeti BA kiel bitlibron, vizitu bitlibroj.com.

Kontribuaĵojn oni sendu retpoŝte, prefere unikode aŭ x-alfabete, al la ret-adreso de BA: **redaktejo@gmail.com.**

Kontribuaĵoj sekvu la regulojn legeblajn ĉe: **beletraalmanako.com/kontribui**

Ankaŭ fotistoj, desegnistoj, ilustristoj bonvenas. Ili bonvolu skribi al la sama redakteja ret-adreso.

Eldonejoj dezirantaj aperigon de **recenzoj** bv. sin turni al la sama redakteja ret-adreso (sufiĉas la sendo de nur unu ekzemplero rekte al la recenzonto, post interkonsento kun BA).

Por **anoncoj aŭ reklamoj:** skribu rekte al **informo@librejo.com.**

Ĉiujn ceterajn demandojn pri la eldonado kaj dissendo bv. direkti al: **informo@librejo.com.**

Pri la enhavo de la kontribuoj responsas la aŭtoroj mem. Tio validas retrospektive por ĉiuj numeroj de Beletra Almanako ekde BA1 (septembro 2007) ĝis nun. ◆ **La lingvaĵo de kontribuoj publikigataj en BA laŭeble konformu al la komunume evoluigata ĝenerala normo,** kun NPIV (presita kaj reta) kaj PMEG kiel ĉefaj referencverkoj, interkonsente kun la aŭtoroj.

Eldonejo: Mondial, 203 W 107th Street, #6C, New York, NY 10025, Usono

Faks-numero: +1-208-361-2863; Telefono: +1-646-807-8031

Enhavo

2 | *Beletra Almanako* n-ro 48, Oktobro 2023 (2023/3)

simplan hipotezon – ke mi krizis vice de vi ĉiuj (kian alian utilon havus redaktoro?). La fikcio, la poezio, ĉia arto, sin prezentas al vi kiel fakultativan, eksterlaboran, eksterbezonan. Sed fakte tiun "nenecesan" suplementon vi devas nepre uzadi. Vi ne povas permesi al vi stari ekster la spertejo kiun la arto sendevige proponas al via libera volo. Vi libere kunvolas kun la artisto eniri la volan mondon de fikciaj homoj. Tiamaniere, nerekte, vi perrakonte gajnigas al vi mem veran ekziston. Sen la kunsentado ebligata de la fikcia arto, nur ombre vi ekzistetus.

Kaj kiam vi spertas la arton pere de "lingvo arta" (la epiteto per kiu Zamenhof karesnomis nian lingvon), per tiu eniro en duoble artan spacon vi vin liberigas de la nevideblaj, insidaj katenoj de la posedemaj kulturaj provincecoj de la etnaj lingvoj. La "suvereneco" estas pompa kaj orgojla mensogo, konsistanta el ĉiam pli malsimplaj armilumaj manovradoj. Per ili ĉiu naci-ŝtato vestas sian kulturan provincecon, sian malvolontecon serioze sin engaĝi kun la sentokosmoj ligitaj al aliaj lingvoj. Fieru, kara leganto, ke vi estas inter la malmultaj kiuj kapablas sperti la fikcian, la poezian, la teatran arton en la rezolute, memkonscie malsuverena lingvo kiu nin kunligas sen armiloj. Aŭskultu kun nova kompreno la vortojn "ne al glavo sangon soifanta". Fieru pri la soifo kiun nur vi, kaj aliaj esperantistoj, kapablas soifi.

ORIGINALA PROZO

Bukedo por
Fraŭlino Antonija

de Spomenka Štimec

7

Al Antonija Jozičić
(1869-1945)
instruistino en Kostajnica

Fraŭlino Antonija! Kie vi estas nun? En la tombejo de Kostajnica? Kiam mi staris ĉe via tombo, mi aŭdis la voĉon de muezino el moskeo en Bosnio, veninta trans Una al Kroatio. Ĉu vi memoras la sonon? Ĉe la verdeta rivero Una nun estas la jaro 2023. Trans Una nun estas alia ŝtato. Ĝi nomiĝas Bosnio kaj Hercegovino. Kaj via tombo estas en la ŝtato Kroatio. Respubliko Kroatio.

Ne for de la tombejo falas kaŝtanoj de kaŝtanarboj, "la plej dense kreskantaj en Eŭropo", kiel vi instruis al viaj etaj lernantoj razitaj *je nuda kapo*. Certe ankaŭ knabinetoj estis en la klaso? Kun harplektaĵoj?

Mi havas novaĵon por vi. Pasis 110 jaroj de tiu via ago. Vi scias kion mi celas. Ĉu vi ne scias?

Mi portas florojn al vi. La florojn sendas iu sinjoro.

Florojn de sinjoro? Ne ruĝiĝu. Malkomfortiga afero por fraŭlino instruistino? Mi scias ke neniu instruistino viaepoke rajtis havi edzon. La leĝo tion ordonis. La floroj venas pro tio kion vi faris post 1912. Vi bone memoras la jaron 1912 kaj vin en Krakovo. Ĉe Universala Kongreso de Esperanto. Vi en nigra kostumo kun blanka bluzo, broĉo sub la kolo. Bluzo solena kun plisa ornamaĵo kaj sur ĝi broĉo. Ĉu la broĉo tiam havis en sia mezo ŝtoneton verdkoloran? Kie mi vidis vin? Neniam mi vidis vin, fraŭlino Antonija. Mi nur foliumis la krakovan memor-albumon de la jaro 1912. Tie partoprenintoj postlasis siajn fotojn. Portreto de vi kaj via fratino Marija. Mi vidis la albumon en la Esperanto--Muzeo en Hofburg. Hofburg, jes fraŭlino Antonija. Sciu ke tie ne plu regas Habsburgoj. Tie estis Esperanto-Muzeo dum kelkaj jaroj. Vi devis iri apud la enirejo por *Spanische Hofreitschule*[1] por atingi ĝin. Grimpi

---

1   Hispana rajdlernejo

supren. La ejo estis tute supre sub Michaeliskuppel. Tie en la granda ejo estis la albumo el Krakovo. Fakte nuntempe la muzeo ne plu estas en Hofburg sed en la luksa palaco Mollard en Herrengasse.

Cetere, vi scias ke Habsburgoj ne plu loĝas en Hofburg, ĉu? Eble vi ŝatus scii ke la germana fariĝis malgrava lingvo. Ĉiu aŭstro nun parolas angle.

– Angle?

– Nu, oficiale la germana estas la lingvo de Aŭstrio. Sed se vi, eksterlanda vojaĝanto, alparolas aŭstron surstrate, tiu tuj volos respondi angle.

– Angle? Tion mi ne komprenas. Ĉu la angloj venkis en la milito?

– Vi pravas. Venkis usonanoj kaj angloj. Tiel la mondo evoluis post kiam vi mortis en 1945. Mi scias ke vi ŝatis la Habsburgan reĝon. Mi vidis tiun lian portreton kun la hungara krono surkape kiun vi fiksis sur la dorsan flankon de Dipatrina pentraĵo. Tion vi certe faris post 1918, kiam Kostajnica troviĝis en nova ŝtato, Jugoslavio, kun la reĝo Aleksandro. Kiam la nova regno ekregas, la antaŭa reĝo iras dorsflanken por kaŝiĝi.

Mi komprenas ke vi ne povis forŝiri la foton de la malnova reĝo al kiu vi dum jaroj fidelis. Tre bela portreto, cetere. Ne zorgu, neniu scias ke vi gardis la reĝon de la eksa regno. Milkica montris nur al mi. Ŝi petis konsilon de mi, kiu estas sur la foto.

– Kiu estas Milkica?

– Tuj mi klarigos. Sed unue mi diru ke vi bele aspektas en tiu fotoalbumo el Krakovo. Eleganta frizaĵo. Ĉu vi kreis ĝin per *Brennschere*[2]? Certe vi mem kudris la vestojn por Krakovo! Laŭ la ĵurnalo el Vieno, kompreneble. Kie vi farigis la foton? Ĉu kongresanoj devis sendi ĝin anticipe kun la aliĝilo? Verŝajne oni ne fotis vin dum la Kongreso, ĉiun kongresanon aparte?

Certe ĉeestis multaj interesaj homoj tie? Ĉu vi parolis kun sinjorino Klara, la edzino de Zamenhof? Dum la sinjoro edzo estis okupata per diversaj komitatoj, ŝi eble vagis tra la koridoro. Ne? Vi preferis sidi for de la moŝtoj, vi estis modesta instruistino el la rando de la Aŭstra Imperio. Via nomo aperis sub la Aŭstra Imperio ankaŭ en la Kongresa libro de Parizo 1914, mi vidis ĝin. La Kongresan Libron de la deka Universala Kongreso de Esperanto. Ĉu vi vere atingis Parizon aŭ nur aliĝis? Ĉu vi vere estis en Parizo kiam la Unua mondmilito komenciĝis? Mi vidis

---

2 "Brultondilo", metala ilo kiu servis por krei buklojn en hararanĝo. Oni devis unue varmigi ĝin por igi ĝin efika.

vian afiŝon de la pariza kongreso. Kie? En Kostajnica. Ĉe Milkica? Vi konas neniun Milkica. Jes, vi ne konas. Vi mortis en 1945, ŝi naskiĝis en 1946. Ŝi estis la infano de la homoj kiuj vivis kun vi en la lastaj jaroj de via vivo. Ili heredis vian domon. Ŝi kreskis kun ĉiuj viaj manlaboraĵoj, kun ĉiuj kroĉitaj kusenoj kaj broditaj tablotukoj. Ŝi dormis en la lito apud kiu vi brodis Betovenon. Ŝi konservis ankaŭ vian broditan saketon por surmure gardi brosojn. Vian muzikilon citro ŝi konservis nur parte. Ĉar en Kostajnica batalis diversaj soldatoj post via morto. Nu, en 1945 la milito finiĝis. Sed en 1991 ĝi revekiĝis. Nun Milkica estas maljuna sinjorino kaj ŝi zorgas ke Kostajnica havu vian ĉambron.

– Kion signifas havi mian ĉambron?

– Vi ne komprenas? Nu, kie iu ĉambro kun via manĝtablo, lito kun viaj kroĉitaj kusenoj kaj viaj aĵoj estu vizitebla de la publiko.

– Vizitebla de la publiko? Kial?

– Ne nervoziĝu! Oni ne montras ĉion. Ekzemple la porcelanan noktan poton sub la lito oni kaŝis.

– Sed kial mia ĉambro?

– Ĉar vi estas respektinda persono. Mi volas diri, vi faris ion respektindan. Tial mi estas ĉe via tombo kun la floroj. Kaj vi havis mirindajn meblojn, kiuj montras kiel oni iam vivis en urboj.

– Via domo ne plu ekzistas. Tie kie estis via domo nun estas bela konstruaĵo de banko, en la moderna urbocentro de Kostajnica. Via ĉambro nun estas en la lernejo kie vi instruis.

– Mia ĉambro en la lernejo?

– Ne zorgu, Kostajnica ricevis belan elegantan novan lernejon, kaj la malnova lernejo en kiu vi instruis nuntempe atendas riparon. Ĝi jam havas novan fasadon.. En ĝin eble venos biblioteko. Kaj unu ĉambro estas dediĉita al vi.

Ĉar la nuntempaj homoj ŝatas vidi kiel oni vivis en la dudeka jarcento. Kia meblo, kia lito, kia manĝilaro.

Nun mi portas florojn por vi nome de iu sinjoro. Li neniam vidis vin. Li nur legis kion vi faris en 1913. Li legis la libron "Konfeso" en via traduko al Esperanto.[3] Ĉu vi kredas? Plaĉis al vi Konfeso? Jes, nun ni scias ke ĝia aŭtorino Milka Pogačić troviĝas inter la unuaj feministinoj en Kroatio. La ĉefa heroo de ŝia libro estas la edzo, la sinjoro doktoro kiu murdis sian edzinon. Ne persone murdis, tute ne. Li nur lasis infektitan trančileton proksime al ŝia mano. Li sciis ke ŝi ŝatas forigi pustulojn per lia trančileto. Forigi "Mitesser", kiel oni nomis la pustulojn en la tuta

---

3   Legebla ĉe esperanto.hr/wp/wp-content/uploads/2022/02/Konfeso.pdf – *Red.*

Aŭstra imperio. Li sciis ke la tranĉileto estis infektita. Li diris nenion al ŝi. Kia krimromano! Kaj la aŭtorino estas virino, instruistino Milka Pogačić, pri kiu ĉiuj forgesis hodiaŭ. Ŝi fondis la unuajn ripozejojn por infanoj. Infanan domon ŝi starigis en Zagrebo kaj Kraljevica. Ŝi socie aktivis, instruis kaj verkis. Tion scias nur kelkaj homoj nuntempe.

Sed vi ŝatis tiun Milka Pogačić kiel verkistinon. En la jaro 1912 la novelon "Konfeso" ŝatis ĉiuj instruistinoj kaj ĉiuj poŝtistinoj, mi supozas. Kaj ĉe la kafo kun la batita laktokremo ili diskutis pri tiu heroo de la libro, la doktoro, kiun plagis ĵaluzo. Antaŭ la domo de la gesinjoroj, antaŭ la doktora domo, okazis granda katastrofo: iu ĉevalo timiĝis, klopodis fuĝi kaj elĵetis el la sidilo de la koĉero sinjoron oficiron. La sinjoro oficiro grave vundiĝis antaŭ la domo de la doktoro, kaj estis doktora devo tuj helpi. Oni enportis la svenintan oficiron en la domon. La edzino de la doktoro flegis lin. La vundito devos resti kelkajn tagojn senmova en la domo. Oni metis lin en la liton en la gastoĉambro. La mastrino de la domo tuj alportis teon, kiam ŝi vidis ke li malfermis la okulojn. Ĉu ŝi rajtus enmeti brandon en la teon por fortigi la vunditon? Ĉu ŝi rajtus? Kion la vundita gasto rajtus manĝi morgaŭ? Ĉu estus permesata kokida supo? Ĉu la vundon de la sinjoro oficiro oni rajtus bandaĝi morgaŭ? Ŝi povus. Ŝi deprenis lian sangan ĉemizon tre delikate. Kaj la subĉemizon. La doktoro ne ŝatis la mildecon per kiu la edzino flegis la junan viron. La mildeco kreskis de tago al tago. Kaj la sinjoron edzon kaptis *ljubomor*, la ĵaluzo. Li. lasis la tranĉileton ĉe ŝia tualetŝranko. Kaj lia bela edzino, la panjo de eta filo, *en la floro de sia juneco*[4], mortis pro infektiĝo, dum la rozoj odoris en ŝia ĝardeno.

Plaĉas al vi ke mi legis "Konfeson"? Mi ne legis "Konfeson" de Milka Pogačić. Mi legis tiun vian tradukon sur kiu estas la indiko "Propra eldono". Kostajnica 1913.

Ĉu vi sendis la presitajn librojn el la poŝtejo en Kostajnica al multaj adresoj de la homoj kiujn vi ekkonis en Krakovo? Ĉu ankaŭ al iu sinjoro en Ĉinio?

Vi sendis vian libron al neniu sinjoro en Ĉinio? Eble vi ne sendis. Sed sciu ke via libro alvenis ĝis Ĉinio. En Ŝanhajo iu sinjoro multe okupiĝis pri ĝi. Imagu ke mi portas al vi florojn de tiu ĉina sinjoro. La florojn sendas sinjoro Wang Luyan el Ŝanhajo. Vi famigis lin. Lia nomo eniris la Esperantan historion de Ĉinio. Li multe tradukis, ĉefe verkojn de aŭtoroj el Orienta Eŭropo. En Ŝanhajo oni publikigis Gogol, Bolesław Prus. Ilf kaj Petrov. Sienkiewicz. Ĉiuj tiuj verkoj atingis per Esperanto

---

4   Kliŝa frazo por indiki tempon de juneco

ĝis Ŝanhajo. Tien alvenis tre interesa esperantisto, la blinda rusa verkisto Vasilij Eroŝenko. La juna Wang Luyan ricevis la taskon de siaj esperantistaj ĉefoj akompani la blindan rusan verkiston. Eroŝenko ŝatis muzikon kaj ĉien portis kun si rusan muzikilon. Balalajko ĝi nomiĝis. Ankaŭ Wang Luyan muzikis. Sed li ŝatis ĉinajn muzikilojn, la kvarkordan bivon. El ĝi, simile kiel el balalajko, venis tre melankolia muziko.

Kiam ili sidiĝis en herbejon kaj Vasilij demetis sian bastonon kaj Luyan kaptis sian bivon, tre belaj kantoj aŭdiĝis.

De kie mi tion scias? Mi petis plurajn esperantistojn en Ĉinio trovi vian "Konfeson" en la ĉina. Kaj sinjorino Tan trovis ĝin en la trezorejo de pekina biblioteko. Via "Konfeso" en la ĉina estas raraĵo. Oni ne povas prunti ĝin kiel aliajn librojn.

Sed sinjorino Tan ricevis permeson de la direktoro faksi al ni kopion.

Faksi? Nu, ekzistis iu aparato kiu povis sendi fotojn de tutaj paĝoj. De certa aparato nomata *faksilo* en Ĉinio al certa aparato al Kroatio. Necesis scii la numeron de la faksilo. Ankaŭ hodiaŭ oni sendas tutajn paĝojn traaere de unu flanko de la terglobo al la alia. Ne plu necesas iri al la poŝtejo, paki la leteron en koverton, skribi hejman adreson per via kaligrafia skribo: *maldika linio iru supren, la dika linio moviĝu suben.*[5] Hodiaŭ oni uzas ilojn kiuj nomiĝas komputiloj.

Kaj la trajnoj ne plu elĵetas vaporon sed estas elektraj kaj sagrapidaj.

Mi multe klopodis por trovi detalojn pri Wang Luyan. Kaj mi trovis en la japana Esperanto-literaturo spuran bibliografian noton pri Eroŝenko, kiu direktis min serĉi en la revuo *El Popola Ĉinio*, el la marta numero de la jaro 1987. Tie estas artikolo de kuzino de Wang Luyan pri sia kuzo. Ŝi nomiĝas Gu Ĝing. Tie estas la foto de Wang Luyan, vestita per robspeca ĉineska mantelo. Kiel domaĝe ke vi ne povas lin vidi!

– Kiam li naskiĝis?

En 1901. En loko kiu nomiĝis Ningbo.

Luyan estis lia plumnomo, origine li nomiĝis Wang Heng. Jam kiel infano li lernis muziki ankaŭ per erhuo[6]. Li elmigris por lerni metion.

Lia onklo kaj lia kuzino sekvis ŝipveturte al Ŝanhajo. La onklo estis fameta kuracisto kaj eklaboris en Pekino. Trajne li veturis kun la gekuzoj al Pekino. Wang Luyan loĝis en Samlokana Ligo de Ningbo en Pekino kaj lernis en labora-lerna interhelpa societo. Li vizitis lecionojn ĉe Pekina Universitato kaj tie li lernis Esperanton. Tie li profundigis

---

5 Instrukcioj pri kaligrafio
6 Ĉina kvarkorda muzikilo, ludata per arĉo

sian amikecon al Eroŝenko. Ofte ili promenis tra parkoj kaj vizitis vidin-daĵojn. Eroŝenko estis tre modesta. Plej multe li ŝatis manĝi terpomojn kaj tomatojn. La gekuzoj helpadis al li suriri rikiŝon por veturi al Esperanto-lernejo. Wang Luyan havis kontaktojn kun la verkisto Lusin. La humanisma ideologio de Eroŝenko grave influis la kuzon.

– Ĉu vi volas diri ke iu... komunisto tradukis mian "Konfeson" al la ĉina?

– Nu, eble. Wang Luyan certe ne havis burĝan edukon. Nek Wang Luyan nek Eroŝenko, lia idolo. Ne ĝeniĝu.

– Kaj kie li mortis?

Pro malsano. Mi supozas pro ftizo. En 1944. En iu mirinda sudĉina urbo, kiu nomiĝas Guilin. Mi iam vizitis la urbon kaj ŝipveturis apud ĝiaj montoj.

Certe vi laciĝis pro tiom da informoj.

Mi forgesis diri al vi kiel fartas Esperanto en 2023. Fartetas. Vi ja legis Kalocsay. "En amara horo". Ankaŭ mi.

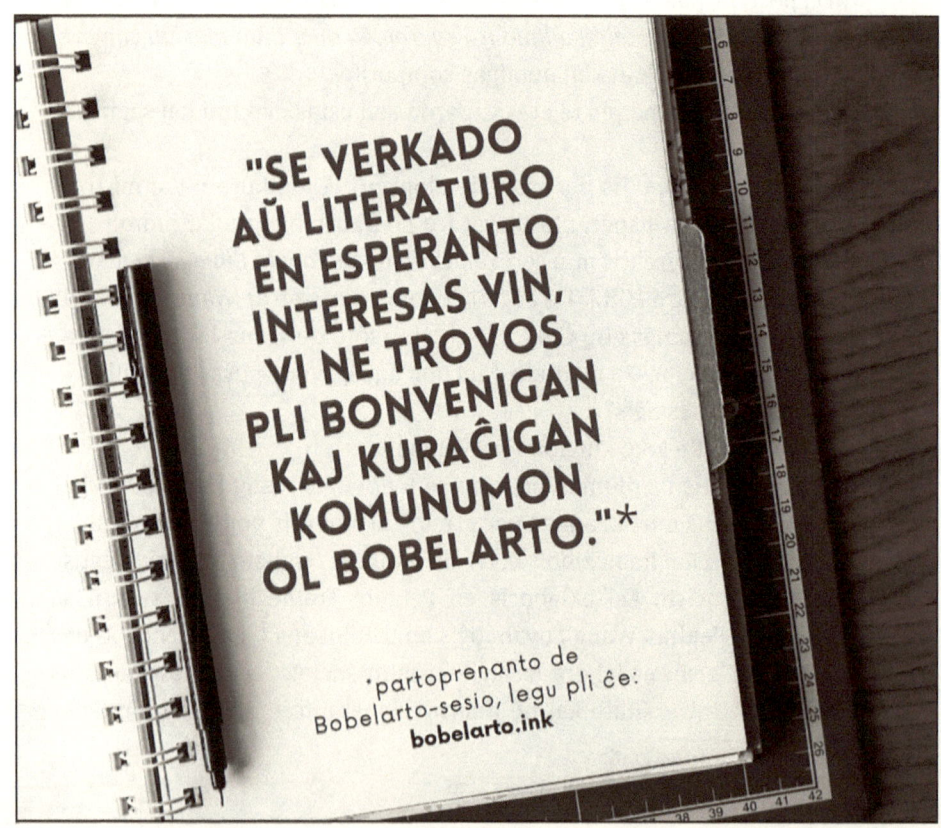

"SE VERKADO AŬ LITERATURO EN ESPERANTO INTERESAS VIN, VI NE TROVOS PLI BONVENIGAN KAJ KURAĜIGAN KOMUNUMON OL BOBELARTO."*

*partoprenanto de Bobelarto-sesio, legu pli ĉe: bobelarto.ink

Fine de la
rememoro[1]

Kamioka estas submontara urbeto en la gubernio Gifu, Japanio. Por atingi tien, mi post duhora flugado el Koreio prenis buson en la marborda urbo Tojama. La buso veturis kvar fojojn tage, sed mi estis la sola pasaĝero tiun matenon. Ĝi estis naŭpersona minibuso, kaj mi konjektis ke ordinare ne multas pasaĝeroj en la kurso. La ŝoforo klarigis, ke semajnfine tamen svarmas feriantoj al termofonta banurbo preter Kamioka. Tiam estos bezonata veturilo kun plena grandeco.

Dum la buso alproksimiĝis al Kamioka, la vojo eksinuis supren kaj ambaŭflanke kreskis la verdo de betuloj kaj larikoj ĉielen sorantaj, kio igis min konscii, ke la urbeto nestas inter montoj. Sed kiam mi elbusiĝis, la unuaj salutis min kelkaj grizaj fabrikoj, aspekte iom kadukaj. Tio ne estis pejzaĝo fantaziita en mia imago, ke la regiono estus nur pitoreska kun trankvila, loza atmosfero. Unufoje demandinte la direkton survoje, mi trovis la hotelon Taka urbocentre. Ĝi estis malgranda, modesta gastejo kun nur dek ĉambroj. Efektive troviĝis apenaŭ kelkdeke da gastoĉambroj en la tuta urbeto, kie eĉ ne eblis rezervi rete. Tamen ŝajnis, ke iuj vizitas la urbon por oficialaj aŭ aliaj aferoj, ĉar la mastro informis min, ke disponeblas neniu ĉambro por la sekva tago.

Lasinte la bagaĝon en mia ĉambro, mi eliris el la hotelo kaj direktiĝis al la urbodomo. Urbocentre la plimulto da domoj estis malnovaj, dum sporadis la nove konstruitaj. La oficeja domego troviĝis trans la rivero Takahara trafluanta la urbon de sudoriente nordokcidenten. La vojo transiris ponton kaj laŭ novstilaj domoj rekte kondukis supren en la direkto al la montaro. Paŝinte kelkajn minutojn sur deklivo mi trovis la domegon sen malfacileco. La distrikta oficejo estis sur la tria etaĝo, kie kun helpo de afabla administranto mi konfirmis ŝian adreson. Li eĉ montris sur granda mapo precize kie lokiĝas la adreso.

---

1   La rakonto estis publikigita originale en la korea kiel aldono al la libro *Bunsun kaj Aiko: Rememore al Mia Unua Amo* kaj reverkita de la aŭtoro en Esperanto.

Tuj proksime, oblikve supre strabis al mi la Kamioka Kastelo. Mi aliris tien por havigi al mi iom da turisma etoso. Fronte al la kastelo dekstre trans la korto estis tradicia japaneska domo kun alta, larĝa verda tegmento kaj maldekstre moderna betona ekspoziciejo pri minado. Mi pensis, ke ne decas kuntroviĝi samterene por tiuj tri konstruaĵoj, ŝajne ne kongruaj inter si, sed ĉar unu sama bileto permesis eniron en ĉiun el ili, mi unue eniris en la ekspoziciejon. La enigmo pri la fabrikoj renkontitaj ĉe mia alveno solviĝis iom post iom per eksponaĵoj, iloj uzitaj kaj ercoj elfositaj en la Kamioka Minejo. La murtabuloj eksplikis, ke la minejo datiĝas jam de la 17a jarcento kaj enviciĝis dum militoj inter la plej produktivaj en la mondo, kaj ke la urbo Kamioka disvolviĝis kun prospero de la minejo, kiu ĉesis funkcii antaŭ jardekoj pro manko de profitebleco.

Kontraŭ la kastelo sidis la Kamioka Mezlernejo. En la korto troveblis neniu, verŝajne ĉar ĉiuj lernantoj estis en la klasĉambroj. Kelke da knaboj sidantaj ĉe la enirejo ĵetis suspekteman rigardon al la nekonato, sed kiam mi elsakigis fotilon, ili turnis sian vizaĝon flanken supozeble por eviti fotiĝi. Kompreneble mi intencis kapti ne ilian figuron sed la fasadon de la lerneja domo. Mi emis peti pardonon, tamen retenis miajn paŝojn por ne embarasi ilin. Kion la geknaboj en klasĉambro lernas kaj kion ili pensas? Kion ili pentras sur la blanka paperfolio donita al ili kaj kiel ili desegnas sian futuron? Mi enkore kaj tutkore preĝis, ke nur sendoloraj, feliĉaj tagoj brakumu ilin.

Mi reiris malsupren al la riverbordo, laŭiris la vojon orienten kaj alvenis en Kamiokaĉotono. Ĝi estis la kvartalo, kie ŝia domo troviĝis. Kvankam mi neniam antaŭe estis en la loko, ĝi sentiĝis neniom fremda, ĉirkaŭvolvante min intime kaj korkarese. Laŭ la strato viciĝis malnovaj tradiciaj domoj kaj ie kaj tie intervenis modernaj konstruaĵoj, kaj ankaŭ sin montris sendomaj parceloj supre en la direkto al la montaro. La spacon de ŝia adreso okupis relative nova duetaĝa domo kun blueta tegmento. Ĉar estis komence de pluvsezono, pluvis poiome ofte. Mi eniris en najbaran barbirejon kaj por eviti la subitan pluvon kaj por demandi pri ŝia domo. La maljuna barbiro konfirmis ĝian pozicion kaj diris, ke ĝi estas rekonstruita post detruado de la malnova domo. Li singarde aldonis, ke dum la milito multe da koreoj trudlaboris en la minejo. Mi konsterniĝis. Mi neniel supozis, ke en tiom profundan montaron niaj avoj, patroj, onkloj perforte transmoviĝis kaj trudlaboris. Mi neniel antaŭvidis, ke mi renkontos nian tristan paseon tiom fore trans la maro.

Mi eliris el la barbirejo. Subite miaj paŝoj peziĝis kaj en la koro naskiĝis granda ŝtono da malĝojo. Mi daŭrigis paŝi laŭ la strato. Kiam la vojo iris malsupren, aperis malgranda parko kun bosko kaj preter ĝi rufe farbita ponto transiris la riveron. Ambaŭflanke de la ponto la ravino aspektis jam profunda, kio implicis, ke mi marŝis longan distancon de la urbocentro kontraŭflue. Trans la rivero dekstre kaptis miajn okulojn malnova stacidomo. La trako kontinuis ĝis la minejo kaj antaŭe estis uzata por porti minaĵojn, sed nun servis al turistoj kiel surrela biciklada vojo. Eĉ tie la trista historio turmentis al mi la koron.

Mi ekpaŝis sur larĝa strato laŭ la riverbordo. Aŭtoj pasis de tempo al tempo, tamen apenaŭ videblis paŝantoj surtrotuare. Dekstre fluis la rivero, inter kiu kaj la strato kelkaj homoj bicikliis sur la relvojo ĝuante pejzaĝojn unuaplane. Peziĝintaj pluveroj hastigis miajn paŝojn. Vojfine mi haltis kaj atendis sub tegmentrando ke ĉesu pluvi, kiam alproksimiĝis du knabinoj en lerneja uniformo ŝajne por eviti malsekiĝon kiel mi. Ili estis lernantinoj de la Kamioka Supermezlernejo, survojaj hejmen de la lernejo, kiu distancis je tridekminuta paŝado. Demandite ĉu ne estas penige piediri tiom longe ĉiun tagon, la knabinoj kun rideto respondis, ke ili veturas per buso en la allerneja direkto. Ilia naiva, senombra mieno faris mian koron iom malpeza, kvazaŭ elbrustiginte pecon de la ŝtono el la koro. Mi deziris iri ĝis la lernejo, sed post hezito rezignis zorgante pri tarda reveno.

Mi turnis la direkton al la urbocentro kaj survoje aĉetis ombrelon, ĉar montriĝis neniom da signo de pluvĉeso. Sed apenaŭ mi faris nur malmultajn paŝojn subombrele, aperis mia hotelo. Mi ne konsciis, ke mi tiom proksimiĝis al ĝi. Mi eliris je la dekunua antaŭtagmeze kaj revenis je la sesa vespere, do mi marŝis almenaŭ kvin horojn eĉ se ekskludi la ripozan tempon. Mi ŝuldis multon kaj dankis al mia korpo, kiu eltenis pli bone ol mi antaŭvidis.

La sekvan matenon post trihora promenado mi pretigis min reiri. Subite trafis min granda ĉagreno. Kiam mi povus denove veni ĉi tien? En la loko, kiun mi imagis nur kiel trankvilan montovilaĝon, mi alfrontis la tragedian historion. Kamioka estas ŝia naskiĝloko. Ĉi tie mi rendevuis kun ŝi antaŭkvindekjara. Mi kune spiris kun ŝi kaj vidis la revojn kiujn ŝi imagis. Kaj mi fine faris al ŝi la lastan adiaŭon, kiun mi ne povis fari antaŭ tridek kvin jaroj, kiam ŝi prenis sian lastan spiron.

Ne enamiĝu pro soleco

de Yin Jiaxin

Fininte lernadon en mezlernejo kaj forlasinte la hejmvilaĝon, mi venis al Vudan-urbo kaj akiris okupon vendi biletojn de loterio. Mi loĝis ĉe mia onklino.

Yang dungiĝis ĉe la Vudan-a Loterio-Centro post sia diplomiĝo el universitato. Pro laborrilato mi renkontiĝis kun li kelkajn fojojn ĉiumonate. Ĉiufoje vidinte lin mi sentis ĝojon kaj plezuron en la koro. Li havis altan staturon, belan aspekton, humuran parolmanieron kaj ĝentilan konduton. Xue, mia kolegino kaj intima amikino, diris ke mi ŝajne jam enamiĝis je Yang. Sed mi sciis, ke mi ne egalas al li laŭ socia pozicio, ĉar li estis universitata diplomito, la sola filo de siaj gepatroj, kiuj ambaŭ okupis gravajn postenojn en la urba registaro. Do mi tute ignoris la vortojn de Xue.

Jam emeritiĝis miaj geonkloj, kies infanoj laboris en aliaj urboj. Escepte de maĝango-ludo, ili interesiĝis pri nenio, nek prizorgis min. Reveninte de la laboro mi enuis hejme.

Estis tre froste en la januaro de 2008.

Iutage post vespermanĝo, kelkaj homoj venis en la domon de miaj geonkloj kaj metis la maĝango-tablon. Ĝenerale la ludo daŭris ĝis noktomezo. Ne troviĝis ŝataetaj de mi programeroj en televido. Tre enuige! Mia onklino trovis mian senton kaj duonŝercis, dirante: "Vi denove sentas enuiĝon, ĉu? Promenu ĉirkaŭe. Vi, dekokjara knabino, devus havi koramikon. Se vi havus koramikon, vi ja ne sentus enuon. Hahaha..."

Mi sola promenis sencele en vento kun malplena koro, kiam miajn okulojn frapis konata silueto sub nehela strato-lampo. Tiu estis Yang! Liaj paŝoj montriĝis iomete molaj. Mia koro batis kaj batadis rapide, kiam mi rigardis lin. Min vidis ankaŭ Yang, demandante kien mi iras. Mi diris ke mi nur pasumas. Yang petis min promenante akompani lin por momento. Kiel ĝoja mi estis! Fakte, tiujn tagojn lia humoro malboniĝis, ĉar problemo okazis en lia laboro kaj krome liaj gepatroj urĝis lin koramikiĝi kun knabino, kiun li ne ŝatis. Yang havis dudek ses jarojn. Tiun vesperon li sola jam trinkis multe da vino en taverno por dispeli sian ĉagrenon kaj siatempe ne volis hejmeniri.

"La etulino," li kutime vokis min tiel "ĉu ankaŭ vi estas malĝoja, promenante en tiel malvarma vespero?"

"Ne" mi respondis. "Mi tre ĝojas renkonti vin."

Li ridetis kvazaŭ printempa suno. En mian koron venis plena ĝojo kaj varmeto.

Dum la promeno, li proponis ke mi rakontu pri mia vivo en lernejo, pri mia vilaĝo, pri miaj gepatroj kaj gefratoj. Mi kun entuziasmo rakontis tiel multe, ke mi ne rimarkis kiam li ektenis mian manon. Ni promenadis kaj interparolis mano en mano, ignorante la malvarmegon de la vintra nokto. Pro efiko de la vino kaj blovado de la frosta vento, Yang sentis kapdoloron kaj vertiĝon. Mi proponis veturigi lin hejmen, sed li ne jesis. Braktenante lin, mi eniris en proksiman hotelon. Enirinte ĉambron li falis en liton. Mi kovris lin per peplomo kaj rapidis por boligi akvon. Kiam la akvo ekbolis, li jam endormiĝis profunde, ronkante laŭtege.

Rigardante lian staton, mi sentis iom da kordoloro. Mi ne forlasis la ĉambron, konsiderante ke li eble trinkos akvon aŭ vomos aŭ... Mutiginte la sonon de la televidilo, mi televidis sidante sur la rando de la alia lito. Tra la tuta nokto li ronkadis kaj mi restis nedormanta.

Jam tagiĝis, la labortempo proksimis, kaj mi puŝvekis lin. Malferminte la okulojn, ekvidinte min kaj rekoninte hotelĉambron, li konfuziĝis. Surprizo aperis sur lia vizaĝo. Li memoris nenion pri la lasta nokto. Survoje al laboro, mi memorigis al li la okazaĵon.

Ekde tiam, ni fariĝis geamikoj kaj poste intimaj. Li laŭdis min, dirante ke mi estas sprita, diligenta, bonkora kaj helpema. Li ofte invitis min kune kun li vagadi surstrate, iri al kinejo kaj spekti futbalmatĉon... Kvankam mi ne interesiĝis pri pilkludo, tamen mi volis fari ion ajn kio plaĉas al li. Pri literaturo li estis erudicia, li ofte al mi rakontis pri en- kaj eksterlandaj literaturistoj kaj iliaj verkoj. Kune kun li, mia vidkampo vastiĝis kaj mia mondo briliĝis multe. Li prizorgis min subtile. Je tagmeza horo li neniam forgesis per mesaĝeto memorigi al mi tagmanĝon. Iufoje li malvarmumis, li mesaĝete ne menciis sian malsanon, sed dume demandis pri mia farto. Iun tagon, mia piedo tordiĝis, kaj mi ne povis piediri. Siatempe, ĉiun frumatenon li venis al mia loĝejo kaj portis min sur sia dorso ĝis la teretaĝo, poste veturigis min al la loterio-vendejo per sia motorciklo, vespere li min revenigis hejmen sammaniere. En la malfrua aŭtuno de 2008, mi malvarmumis severe. Ricevante injekton, mi sentis la piedojn malvarmaj, li eĉ malbutonumis sian veston kaj firme premis miajn piedojn al sia brusto. Varmeco penetris en mian tutan korpon. Kiel feliĉe mi fartis, havante tian amikon kia Yang en ĉi tiu fremda urbo!

Tiel daŭris la feliĉo.

Kiel rapide la tempo flugis! Nekonscie venis mia 19-jara naskiĝtago. Por festi ĝin, Yang speciale kondukis min al la turniĝanta restoracio sur la supra etaĝo de la plej alta domego en Vudan-urbo. Admirante la noktan pejzaĝon de la urbo tra la fenestro, mi iĝis ravita. La tuta urbo malhaste turniĝadis sub kaj antaŭ miaj okuloj. Mi esperis, ke la tempo pasos malrapide kaj pli malrapide, eĉ ne plue. Mi esperis, ke la momento daŭros longe kaj pli longe, eĉ eterne. Subite lia poŝtelefono sonoris. Liaj amikoj invitis lin spekti rektan televizian elsendon de futbalmatĉo.

"Iru mi kune kun vi." Mi urĝis lin.

La matĉo komenciĝis je malfrua horo. Yang kaj liaj amikoj tre ĝoje spektis, trinkante bieron kaj aklamante de tempo al tempo. Mi ne daŭrigis la spektadon ĝis la fino, ĉar mi ne komprenis futbalon, cetere jam estis profunda nokto kaj mi fariĝis tre dormema. Do mi sidis ĉe litrando kun la dorso apogata sur la litkapo kaj la okuloj fermitaj en duondormo. Neatendite, mi baldaŭ eniris sonĝolandon. En la sonĝo, mi babiladis sur herbejo kun Yang, poste li min brakumis kaj ekkisis. Mi kaj timis kaj ĝojis, avide akceptante lian pasian kison kaj pudore baraktante en lia sino. Mi baraktis kaj baraktadis ĝis vekiĝi el malklareco kaj trovi, ke reale Yang estas kisanta min. La matĉo jam finiĝis kaj liaj amikoj jam foriris. Ĝuste en tiu nokto mi al li oferis mian virgecon. Vidinte la sangomakulojn kiel persiko-petalojn sur la littuko, li aspektis tre ĝoja kaj kontenta. Firme brakumante min, li ĵuris ke li nepre amos min dumvive. Mia sango estis bolanta en tiu momento, ekde tiam ni du fariĝis feliĉaj geamantoj.

Sed mi, vilaĝa knabino edukita nur en mezlernejo, ne estis akceptata de liaj gepatroj. Ili insistis ke Yang devos edziĝi al la filino de iu gvidanto, opiniante ke la geedzeco povos konduki al brila perspektivo por Yang. Tamen Yang neniam ŝatis la knabinon. Tial inter Yang kaj la gepatroj aperis kontraŭdiro tiel forta, ke li forlasis la hejmon kaj transloĝiĝis en luitan apartamenton. Li petis min loĝi kune kun li. Mi jesis.

009 mia pli aĝa kuzino, kiu laboris en la urbo
izitis min dum ŝi hejmeniris por la Printempa
oĝas kune kun Yang, ŝi surpriziĝis, dirante: "Kial
via edziniĝo? Ĉu mi ne kapablus al vi donaci

ankoraŭ ne geedziĝis. Mi petis ke ŝi ne sciigu
Miaj gepatroj certe riproĉus min se ili scius ke
edziniĝo mi loĝas kune kun viro.

Kvankam la kuzino laboris en Wuhan, tamen ni ofte babilis inter-
rete per QQapp. Iufoje dum babilado ŝi bonkore avertis min kontraŭ
gravediĝo, ĉar aborto tre nocas sanon. Ĉe seksagado, Yang ne volis uzi
penisingon, dum mi ne volis kontraŭkoncipan pilolon, li ĉiufoje sperm-
elĵetis ekstere de mia vagino. Do mi al la kuzino respondis, tajpante
jene: "Kuzino, ne estu maltrankvila. Mi ne povas koncipi infanon."

Post la babilado inter mi kaj la kuzino, Yang senkaŭze iĝis ne tiel
intima kiel antaŭe, eĉ pli kaj pli malintima kun mi. Ĉiutage ŝajnis ke iu
ĉagreno estas en lia koro. Mi plurfoje demandis kio okazis al li. Li ĉiam
kun mensoga mieno respondis al mi ke nenio okazis. Virina intuicio
informis al mi ke lia amfajro estas estingiĝanta. Mi klopodis diversma-
niere protekti la amon inter ni. Mi ne deziris perdi lin, kiu jam okupis
miajn tutan koron kaj tutan animon.

La 7-a de ĉina luna junio estas ĉina Valentena Tago, dolĉa tago.
Sed vespere de tiu tago, Yang diris al mi ke li estos transpostenigita al
Wuhan-urbo kaj mi devas konsideri ĉu aŭ ne daŭros la rilato inter ni
ambaŭ. Eldirante tiujn vortojn, li ne kuraĝis rigardi al mi, klininte la
kapon al la brusto. Tiun momenton mia koro rompiĝis.

En la tago por Yang iri al Wuhan, mi akompanis lin ĝis la fervoja
stacidomo. Ĉe la adiaŭa momento mi ne povis min mem regi kaj eni-
ris en la trajnon sekvante lin. Neatendite li ne malakceptis min kaj mi
iomete konsoliĝis. Mi neniam restis en Wuhan antaŭe. Li prenis min al
belaj vidindaĵoj, kiel ekzemple la Turo de Flava Gruo, la Orienta Lago,
la Granda Changjiang-Ponto ktp. Tiutempe mi sentis ke ni estas anko-
raŭ gajaj geamantoj, kaj mi pensis ke nokte de la ĉina Valentena Tago li
nur ŝercis. Do mi forgesis ĉiujn ĉagrenojn.

Tamen mi mispensis. Kiam mi proponis ke mi trovu okupon en
Wuhan por ĉiam akompani lin, li kun apatio diris: "Estus bone, ke vi
nun reiru kaj ni apartiĝu unu de la alia por kelka tempo, por unu jaro,
ĉu bone? Dum tiu tempo, ni, serioze pripensante nian rilaton, ne kon-
taktos unu la alian."

Mi ne komprenis kial li aranĝis tiel. Mi postulis scii k[...] disiĝi de mi, li montris malcerton, evitante mian rigardon, ka[...] ŝanĝi la paroltemon.

Mi jam kutimis obei liajn vortojn. Aflikto kaj deprimo akomp[...] min reveni al Vudan.

Mi intencis forgesi Yang-on, sed vane. Ĉiun matenon vekiĝinte, mi unue rigardis maldekstren, kie li antaŭe dormis. Dum laboro mi ĉiam imagis ke la ekrano de la komputilo estas lia ridetanta vizaĝo, kaj an- kaŭ la klavaro estas. Vespere ferminte la okulojn, mi sentis kvazaŭ li ankoraŭ kuŝas apud mi. Ĉiutage mia kapo estis plena de pensoj pri li. Vizaĝe al amikoj kaj klientoj mi afektis ĝojan mienon, sed ĉu mi vere kapablis longe kaŝi la malfeliĉon profunde ene de mi?

Pli ol unu monaton Yang ne sendis al mi eĉ unu mesaĝeton, kaj mi ne aŭdacis kontakti lin. Iun tagon, Xue sciigis al mi ke Yang estas severe malsana kaj enhospitaligita en Wuhan. Mi faris telefonvokon al Yang, sed neligeble; mi sendis mesaĝeton, sed ne troviĝis respondo. Sen he- zito mi tuj veturis al Wuhan.

Septembre en Wuhan estis sufoke varme. Atinginte lian luitan apar- tamenton, mi trovis neniun ene. Descendinte de la ŝtuparo, mi deman- dis al preterpasantoj, sed neniu konis lin. Mi povis fari nenion alian ol atendi kaŭrante ĉe la enirejo de la etaĝdomo. Post kelka tempo mi ekhavis kapturnon kaj abundan ŝvitadon. Mi pensis ke tio estas kaŭzita pro la longa veturado. Ĉiu preterpasanto al mi simple ĵetis indiferen- tan rigardon kaj foriris senvorte. Jam estis meznokte. Yang ankoraŭ ne aperis kaj mi, preskaŭ frakasita pro varma vetero kaj laciĝo, ne povis stariĝi. En tiu momento mi, trista kaj senhelpa, sentis min senforta kun ŝvito kaj larmoj sur la vangoj. Hazarde mi ekpensis pri la kuzino kaj telefone informis ŝin pri mia loko. Ĵus fininte la telefonadon, mi falis sur la teron kaj havis ne plu konscion.

Jam mateniĝis kiam mi rekonsciiĝis kaj trovis min en malsanlito. Mi sentis la korpon senenergia kaj la gorĝon dolora. Mia kuzino tuj gluti- gis al mi medikamenton kaj kaĉon. Mi provis alvoki Yang-on per mia propra poŝtelefono, sed vane. La kuzino prezentis sian poŝtelefonon, kaj mi sukcesis lin kontakti. Evidente lia telefono rifuzis mian nume- ron. Mi kun raŭka voĉo al la poŝtelefono diris: "Yang, mi estas Yu. Mi sciiĝis ke vi malsaniĝis. Kiel vi fartas nun? En kiu hospitalo vi restas? Mi nun estas en Wuhan. Mi volas vin vidi!"

Post nelonge Yang venis al mia malsanlito. Fakte, antaŭ du semaj- noj, li malsaniĝis suferante de enterito. Nun li jam resaniĝis. Hieraŭ li tranoktis ĉe sia kolego, ĉar ili kune spektis futbalmatĉon ĝis profunda nokto. Atentinte ke li estas pli maldika ol antaŭe, mi vere sentis kordoloron, sed tamen mi estis tre ĝoja vidi lin starantan antaŭ mi. Mi emis ploregi sur lia ŝultro, tamen mi min tenis.

Reveninte de Wuhan, mi fartis ne bone, havante malbonan apetiton, dormemon kaj hazardajn vomemojn. Xue rimarkis la ŝanĝojn en mia korpo kaj subtile demandis min kiam estis mia lasta menstruo. Ĉe ŝia demando mi konsterniĝis kaj ekmemoris ke mi ne menstruis jam du monatojn. *Mi estas graveda, ĉu? Kion fari?* Dume unu ideo venis al mi en la kapon: *eble la infano povus allogi Yang-on reveni al mi.* Ĉe korpa ekzameno la kuracistino asertis ke mi estas graveda. Sed mia plezura espero tuj rompiĝis, kiam ŝi diris al mi ke mi ne povos naski la infanon, ĉar mi en Wuhan ricevis injektojn kaj prenis medikamentojn, el kio jam rezultis misformo de la embrio. Mia emocio ondis kvazaŭ dum veturo per onda fervojo. Ricevante la abortigan operacion, mi inundis per solecaj larmoj la blankan litkusenon.

La vetero estis tiel malvarma kiel mia koro. Iuj konatoj miregis ke mi tiom malgrasiĝis. Kun dolora emocio, malbona apetito, sendormemo kaj forta sopiro al Yang, ĉu mi povis ne malgrasiĝi? Mi ŝanĝis miajn laboron kaj loĝejon por laŭeble forgesi la pasintaĵojn. Efektive mi neniel forgesis lin, timante perdi la memoron pri la pasinteco. Ho, ve! Mia koro balanciĝis kvazaŭ soleca boato sur vasta maro. Kie estas ĝia haveno?

Komence de 2009 estis sunbrilaj tagoj, tamen mia malĝoja koro estis ŝajne kovrita de densaj nuboj. Iutage mi hazarde vidis unu konatan figuron sur la vojo apud mia loĝejo. Tiu estis Yang! Mia koro ekserenis kiel somera ĉielo post ŝtormo. Ĉu li jam revenis al Vudan?

Xue komunikis al mi, ke Yang refoje laboras en la Vudan-a Loterio-Centro kaj ke neatendite kaj mirinde li jam promociiĝis al vicdirektoro.

Mi ofte staris sur mia balkono, fiksrigardante al la vojo kun la espero, ke iun tagon li subite aperos sube kaj laŭte vokos al mi: "Hej, la etulino, kion vi rigardas? Venu malsupren kaj akompanu min! Rapidu, alie mi batus vin!" Sed tiu tago neniam venis.

Mi ne plu restis malaŭdaca aŭ deteniĝema. Kun plena kuraĝo, mi humile prenis la publikan telefonon kaj alvokis lin. Rekoninte mian voĉon, li demandis malvarme: "Kion vi deziras?"

Mi perdis la parolkuraĝon, forgesinte ĉiujn vortojn kiujn mi jam preparis. Malrapide kaj malglate mi diris: "Mi... loĝas en..."

"Mi scias kie vi loĝas. Kio okazis?" Li parolis tiel malvarme kiel frosta vento en vintro. Li daŭrigis: "Mi estas okupita nuntempe. Se vi ne havas gravan aferon, do ĉesigu la telefonadon."

La komuniko jam estis tranĉita, kaj en la telefona budo stulte staris mi sola kvazaŭ vundita ŝafeto lekanta sian vundon. Posttagmeze mi ricevis mesaĝeton de Yang: "Yu, ni jam interkonsentis ke ni ne kontaktu unu la alian dum unu jaro. Bonvolu observi vian promeson." Vere mi trovis neniun vorton por repliki.

Mi observis liajn vortojn kaj ne plu kontaktis lin. Kalkulante la tagojn, mi esperis ke la tempo pasos flugrapide kaj ke post unu jaro la situacio ŝanĝiĝos tiel, ke ni ambaŭ rekuniĝos kiel antaŭe. Tamen mi estis naive malprava. Post nelonge senkompata bato trafis mian koron, kiu estis tiel fragila kiel vitrovazo. Iun posttagmezon survoje al la oficejo, mi vizaĝalvizaĝe renkontis Yang-on irantan kun bela knabino manenmane. Li senparole ĵetis flugan rigardon sur min kaj tuj preterpasis ĉirkaŭpremante la talion de la knabino per brako, kiu antaŭe ĉirkaŭpremis la mian. *Ĉu ŝi estas la filino de iu gvidanto?* La ĉielo griziĝis en miaj okuloj kaj mi tre emis kriegi sur la strato.

Tiunokte venis Xue, ricevinte mian telefonvokon. Sur ŝia kolo mi ploradis kaj ĝemadis laŭte. Xue estis konsternita. Ŝi provis konsoli min, dirante: "Yu, ne agu tiel. Rigardu la aferon kiel sonĝon. Forgesu ĉion pasintan kaj komencu ree."

Tio, kio afliktis min, estis ke mi ne scias la veran kialon de lia disiĝo. Xue al mi diris: "Mi iru al li por eltrovi la veron."

En la sekva tago Xue vere iris al Yang kaj tiu diris al ŝi: "Fakte, mi vere amis Yu-on, alie ni ne batalus kontraŭ miajn gepatrojn. Sed pro unu afero mi ne povis daŭrigi la amon. Yu ne povas koncipi infanon, ŝi ne devas kaŝi tion antaŭ mi. Vi scias ke mi estas solfilo en mia familio, mi nepre havu mian propran idon."

Xue sentis liajn vortojn kaj koleraj kaj ridindaj. Ŝi rakontis al Yang pri mia gravediĝo kaj pri mia aborto kaŭzita de la peniga vojaĝo al Wuhan. Li estis mirigita kaj konfuzita. Xue demandis al li kiu diris ke mi ne povis koncipi infanon. Li diris ke hazarde li legis la tekston de surreta babilado inter mi kaj mia kuzino, kaj la kuzino avertis min pri prevento de gravediĝo, mi respondis: "Kuzino, ne estu maltrankvila. Mi ne povas koncipi infanon." Li interpretis "ne povas koncipi infanon" kiel "ne havas kapablon koncipi". Li naĝis en sia penso dum kelkaj tagoj. Detale esplorrigardinte min je la talimezuro de ĉirkaŭ 50 centimetroj kaj la maldika figuro, li konkludis ke mi nepre ne havas kapablon koncipi infanon kaj intencas kaŝi la fakton antaŭ li. Kelkfoje li deziris min demandi pri tio, sed li ne kuraĝis, timante ofendi mian memrespekton. Kvankam li amis min forte, tamen li malvolis ne havi infanon en la estonteco. Do li falis en dilemon. Fine li elektis eviti min.

Xue diris: "Nun la fakto estas klara kaj tio nur estas miskompreno. Ĉu vi povas al Yu turni vian koron? Yu ĉiam atendas vin. Iru por trankviligi ŝian rompitan koron. La abortiga operacio tiom doloras al ŝi en la korpo kaj la animo." Yang klinigis sian kapon, aspektante ĉagrena kaj li esprimis al Xue ke li bezonas kelkajn tagojn por pripensi la aferon.

Post kelkaj tagoj, mi ricevis mesaĝeton de Yang: "Yu, mi petegas vian pardonon! Mi vere amis vin, sed la amo ruiniĝis pro la miskompreno. Nun mi ne havas kuraĝon reveni al vi ĉar mi jam enamiĝis en alian fraŭlinon. Vundinte vin, mi bedaŭras. Sed mi ne volas vundi alian knabinon kiu estas ankoraŭ tiel afabla kia vi. Mi scias ke la agrablaj pasintaĵoj inter ni ambaŭ estas malfacile forgeseblaj, tamen, mi kredas ke tempo povos enterigi ĉion. Denove mi petegas vian pardonon!"

Rigardante supren, mi trovis ke la vintraj sunradioj restas kvazaŭ la rideto de hipokrita viro. Laŭ veterinformoj, meza neĝo estis falonta kaj ventego estis blovonta dum la venontaj tagoj. Mi deziris, ke uragano kirladu furiozan neĝon por tute purigi la mondon.

Lupo

de Mikaelo Bronŝtejn

Fojfoje mi meditas pri la absurdeco de interseksaj rilatoj. Ne temas pri la hazardaj kuniĝoj okazintaj impulse pro subita ekvolupto. Ne temas pri la infanaj enamiĝoj, helaj kaj karaj, kiel la unuaj printempaj floretoj, sed necertaj, hezitoplenaj kaj forpasantaj plej ofte sen doloro. Mi meditas pri sincera kaj flamiganta amo, kiu ekbrulas inter du individuoj kaj daŭre varmigas ilin per brila fajro, pri amo aspirata kaj flegata, travivata per ĉiu nervo, per ĉiu cerboĉelo, per la koro kaj per la animo de ambaŭ. Evoluo de sincera amo al kruela hato – kial tio povas okazi? Kie la animoj de viro kaj virino, opiniantaj sin absolute parencaj ĉe eko de la interrilatoj, akiras semon de tiu monstra, morna, minaca sento? Kial ili permesas ke tiu semo kresku kaj evoluu? Ĉu eblas difini etapojn de tiu evoluo kaj daŭron de ĉiu etapo? Ĉu ekzistas efikaj rimedoj por eviti ĝin, por forsarki la kruelan sproson tuj ĉe ĝia apero? Aŭ – ĉu eĉ la plej kruelajn agojn de kunvivantaj paroj kaŭzas ia aparta devio de la amsento?

*

Viktor Volkov estis teknikisto pri gruoj kaj rulpontoj. Brila fakulo kun sperto de pli ol dudek jaroj pri sia profesio. Certe, li apartenis al la elito de la laboristaro. Senkonteste. La estraro ege estimas tiajn, alte aprezas ilian sperton kaj honoras ilin ĉeokaze. La honoraĵoj vere estas imponaj – monpremioj, senpaga feriado en luksaj kuraclokoj, ekstervica akiro de mankantaj varoj... La kolegaro toleras tiajn kun nepra guto da envio, ne evitante konsulti ĉe bezono. Posedante krom la faka sperto ankaŭ elstaran kapablon kunordigi teaman laboron, Volkov, estime moknomata "Olda Lupo"[1] estris naŭpersonan skipon de riparistoj. Nia konatiĝo okazis tuj, kiam mi, dudek du jarojn aĝa freŝdiplomita inĝeniero, ekoficis en la metiejo.

---

1   Volk (ruse) - lupo

n ene de la granda metiejo stiris junulinoj, kiuj post
ejo ricevis ankaŭ sesmonatan kurson pri la profe-
lek sep-dek ok jarojn aĝaj absolute ne havis realan
ĉe neordinaraj situacioj embarasiĝis, panikis, tu-
no kiel agi. Ĝuste en la tago de mia ekofico okazis
acio – unu el la rulpontoj paneis. Ĝi haltis meze de
la metiejo, kaj la stiranta fraŭlinjo laŭte jelpis en sia stirejo vokante
helpon.

Mi aŭdis ŝiajn kriojn, kuris al la loko kaj kriis ke ŝi trankviliĝu, ke
ni tuj ĉion aranĝos. Estis nur kuraĝigo por ŝi. Verdire, ankaŭ mi abso-
lute ne sciis, kiel oni agu en tia situacio – temis ne pri tuja riparo de la
paneinta maŝino, sed almenaŭ pri ia rimedo por evakui la fraŭlinon el
ŝia stirejo. Tiu ja situis en okmetra alto super la planko de la metiejo!

"Voku Lupon!" – iu sufloris kaj tuj daŭrigis, – "Ha, li jam venas!" Alta
lipharulo kun atentoplenaj grizaj okuloj, kun iom kripligita nazo, kian
ofte akiras boksistoj, aliris min. "Ĉu novico?" – li demandis. "Jes, novi-
co..." – balbutis mi. Dum momento Lupo silentis, levinte la rigardon al
la paneinta rulponto, pritaksis la situacion. "Do iru kun mi" – li diris,
montrante per kapmovo apudmuran elektroŝrankon. Sekvante lin mi
aliris la ŝrankon. Lupo malfermis ĝin kaj malŝaltis ene unu baskulŝal-
tilon. "Restu ĉi tie, – li komandis, – kaj post mia signalo ŝaltu ĝin". Mi
obeis.

Surŝultre Lupo havis saketon kun ilaro. La saketo frapis lian dorson
dum li ne tro haste sed akcelite paŝis al la metala ŝtuparo. Mi spektis,
kiel li ascendis sur la placeton-parkejon de la rulponto, lerte grimpis
super la sentensiigitajn troleojn kaj, preskaŭ tuŝante per la kapo la pla-
fonon, balanciĝante ekpaŝis laŭ la relo al la rulponto. Atinginte ĝin, li
ensaltis la stirejon kaj ekumis tie ĉe la aparataro. La umado daŭris ne
pli ol kvin minutojn, poste li turnis la kapon al mi kaj mansvingis. Mi
movis la baskulon, kaj la rulponto startis; ĝin stiris Lupo mem. Kiam
la rulponto atingis la parkejon, Lupo haltigis ĝin kaj helpis la timigitan
fraŭlinjon descendi laŭ la ŝtuparo...

*

Mi ne asertu ke la ĉiutaga kontaktado kun Lupo dum la unua jarduono
de mia laboro estis agrabla por mi. Des pli poste, kiam mi ekgvidis la
tutan riparistan skipon de la metiejo. Tiu ĉi bubo, iama sportisto pli
ol kvardek jarojn aĝa, sperta organizanto de teamaj agoj en la ripar-

brigado pri rulpontoj, ordinare helpema, ŝercema kaj bonhu... foje kondutis netolereble. Hirtigante la lipharojn, eligante ci... koleron el siaj grizaj okuloj, li obstine neis la bezonon de ia ago i... opinie farebla senprokraste, prezentis absurdajn pravigojn kaj nu... post mia insista argumentado nevolonte agnoskis sian miskonduton. Estante aĉhumora, Lupo trovis kaŭzeton eĉ neglektindan por senkompate skoldi siajn subulojn, tiel ke ĉiu el ili preferis trovi ian okupon laŭeble pli malproksime de li. Netrude kaj konfidence mi konsultis kelkajn ulojn el lia brigado; tiuj klarigis ke mavan humoron Lupo havas ofte kaj diverskaŭze, sed ordinare – post antaŭa vespera drinkado. Kiam lia cerbo ŝvelas – ili diris. La cerboekŝveloj de Lupo estis neeviteblaj, ĉar li neniam permesis al si mem konsumi glaseton da forta drinkaĵo matene. Tio ja estis ordinara rimedo por estingi la postebrian kapdoloron – sed ne por Lupo. Kutime li postulis ke iu juna brigadano alportu plenan karafon da akvo, kaj li avide trinkis, malplenigante la karafon ĝis la fundo.

Unu el la kaŭzoj de koleriĝo, evidente konstanta por Lupo, estis "nudeloj". Tiel oni nomis la paperajn rubandojn, ĉirkaŭ duonmetron longajn, disdonatajn komence de ĉiu monato. La rubando, kiun ricevis ĉiu etatano, enhavis detalajn informojn pri la monata salajro kaj pri ĉiuj impostoj prenataj el tiu sumo. Ĉiumonate Lupo, ricevinte de librotenistino sian "nudelon" kaj fulme trakurinte ĝin per la okuloj, lanĉis etan skandalon pro malĝuste (liaopinie) kalkulitaj labortagoj, pro troaj impostoj, pro manko de premio aŭ pro la eteco de tiu... "Kien forvaporiĝis miaj sepdek kopekoj?!" – li demandis severe, kaj la librotenistinoj de nia metiejo tremis, serĉante eventualan kaŭzon de la malapero de tiu neglektinda sumo, trovante ĝin kaj konvinkante Lupon pri lia malpraveco. Tiu denove trakuris la nudelon perokule, meditis iom da tempo, poste tamen pardonpetis grumblavoĉe. "Mi estas ĉefa provizanto de la familio, do mi devas zorgi pri mia salajro. Ĉu vi komprenas?"

*

Cetere, laŭleĝan familion Lupo ne havis. Mi ne interesiĝis pri tio speciale, sed de la klaĉemaj kolegoj mi eksciis multon. Ke dum preskaŭ dek jaroj li vivas kun divorcinta virino. Ke tiu virino estas multe pli juna ol li. Ke de la antaŭa edzo ŝi havas filinon dek kvin jarojn aĝan. Ke la filino akceptis Lupon kiel patron kaj tre ŝatas lin. Ke, tamen, pro la specialaĵoj de la karaktero de Lupo, pli-malpli ofte okazas inter li kaj lia virino bruaj kvereloj. Ktp, nu homoj ŝatas babili pri konatoj, eĉ se oni ne petas pri tio...

Foje mi mem ricevis ateston pri la familia vivo de Lupo. Aŭgusta vendredo prezentis al ni ŝvitan kaj malpuran taskon – dum kelkaj horoj mi kun Lupo kaj liaj skipanoj en la suna varmego likvidis gravan paneon de argano apud la metiejo. Post la fino de la laboro dum lavado en duŝejo mi rimarkis freŝan triangulan brulsignon sur la dorso de Lupo. "Ha, – replikis li al mia mira rigardo, – ne atentu. Mia virino iom karesis min per gladilo". "Sed pro kio? – mi demandis gapante al la vundo. "Bonŝanca vi estas, – ridetis Lupo, – ke ĝis nun vi ne scias kiel tio okazas. Normala familia vivo, memorfiksu tion, bubo. Iom ebria mi revenis hejmen – ĉu tro gravas tio? Sed mia virino ofendiĝis ke mi trinkis sen ŝi, do – vort' post vorto – ankaŭ mi ja povas ofendiĝi. Ŝi gladis littolaĵojn tiutempe, ŝi havis la armilon en la mano, kaj kiam mi turnis mian dorson al ŝi... nu, post duonhoro ni paciĝis. Mi ripetu por vi: normala familia vivo". "Sed vi amis unu alian..." – sen troa kuraĝo mi flustris. "Amis, jes, – kun firma konvinko respondis Lupo, aŭdinte mian flustron. – Kaj ankaŭ nun amas. Tiun senton oni povas esprimi diverse, bubo. Konsideru ke ankaŭ la brulvundo estas signo de tiu amo."

Sekvatage, sabate mi vidis la virinon de Lupo. Post matena naĝado en nia rivereto mi paŝis laŭ la pado uzata de la urbanoj por atingi la riverbordon. Ankaŭ nun multaj geuloj, kiuj dormis pli longe ol mi, impetis al la rivero por pasigi la ripoztagon banante sin kaj sunbruniĝante sur sablo ĉe la apudbordaj salikoj. En la amaso de paŝantoj Lupo estis elstare rimarkebla. En leĝera t-ĉemizo, kun harmoniko en la manoj li paŝis malrapide, fiere, kun elokventa digno. Lian dekstran kubuton tenis simpatia ulino iom malpli alta ol li, kun rufetaj sunoplenaj okuloj elradiantaj gajon. Ŝiajn buntajn buklojn kun koloro de flava kupro torentigis venteto, kaj tio grave kompletigis ŝian bonhumoran aspekton. Mi konstatis ke laŭaspekte ŝi havas ne pli ol tridek jarojn. Per la dekstra mano ŝi tenis kondukrimenon; ligita per tiu antaŭ la bonhumora paro same bonhumore saltetis kolbasforma melhundo jen kaj jen priflaranta arbotrunkojn ĉe la pado. Perfektan harmonion elradiis la paro kun la hundeto, kaj mi ridetante salutis ilin per mansvingo. La manoj de Lupo estis okupitaj, li gravmiene kapsvingis al mi, ankaŭ la virino, vidante lian salutgeston, direktis al mi afablan rideton. Lupo prezentis min al ŝi kiel sian ĉefon; aŭdinte ŝian nomon, mi premetis la delikatan manon. Ni interŝanĝis kelkajn sensignifajn frazojn kaj disiris al kontraŭaj direktoj.

*

La tragedio okazis du monatojn poste, kiam trista falanta foliaro de aceroj orumis la padojn en la urbo. Verŝajne, en tiu jarzono, kiun oni nomas "la ora aŭtuno", la interna etoso de ordinara homo iĝas trista – pro bedaŭro pri la pasinta somero, pro la endormiĝanta naturo, pro la proksimeco de aŭtunaj pluvaĉoj kaj vintraj frostoj. Por dampi la postsomeran triston multaj uzas vodkon. Cetere, ĝi estas universala rimedo, foriganta triston ĉe ĉiu ajn okazo. Provizore.

Kompreneble, mi ne estis senpera atestanto de la koŝmara evento. La ununura atesto kiun mi povas prezenti kun ĵuro, estas ke eĉ post la fino de tiu labortago, iĝinta por Lupo fatala, mi vidis lin hejmeniri en absolute sobra stato. Ĉion kio okazis poste, mi kun teruriĝo imagis el la rakontado de klaĉemaj kolegoj.

Kiam Lupo eniris sian apartamenton, la filino de lia virino estis faranta skribajn hejmtaskojn en la gastoĉambro. Lia rufulino mem sidis en la kuirejo kompanie kun amikino; sur la tablo estis telereto kun peklitaj kukumoj, pantranĉoj, du glasetoj kaj vodko-botelo jam preskaŭ senenhava. Evidente, la virinoj estis aktive dampantaj la triston. La aktuala bildo ne plaĉis al Lupo; dampadon de tristo en lia hejmo sen lia persona partopreno li opiniis grava peko, kaj li, estante sobra, laŭte esprimis sian malkontenton per kelkaj ne tro diplomatiaj frazoj. Lia rufulino, estante malsobra, ne povis resti indiferenta, kaj ŝi respondis samstile.

La amikino, kiu, verŝajne, spertis la karakteron de Lupo antaŭe, fulme foriĝis el la apartamento. La interkverelo de la paro daŭris jam pli kaj pli laŭtvoĉe. El la gastoĉambro alkuris la filino kaj provis trankviligi la panjon. Sed tiu eĉ pli furioziĝis kaj ĵetis vitran vazon kun kukumoj kontraŭ Lupo. Li flankenpaŝis, la vazo trafis muron, splitoj de vitro kaj la kukumoj flugis ĉirkaŭen, likvaĵo makulis la muron, unu el la splitoj vundis vangon de la filino. Tiam Lupo paŝis al la virino kaj kaptis ŝiajn brakojn. Ŝi elturniĝis, kaj per la botelo, kaptita de sur la tablo, provis bati lian kapon. Denove Lupo movis sin iom flanken kaj samtempe batis ŝin per polmo. La bato trafis la makzelon, la virino falis malantaŭen, ŝia nuko koliziis kun eĝo de gisfera radiatoro.

Najbaroj, alkurintaj el la apuda apartamento pro la bruo, telefone vokis medicinan helpon kaj policon. La medicinistoj tuj forveturigis la virinon al hospitalo.

*

Post la foriro de la medicinistoj la policistoj faris enketadon. La najbaroj atestis ke ili aŭdis virinajn kriegojn kaj venis en la apartamenton kiam la mastrino jam estis kuŝanta sur la planko de la kuirejo. La filino diris ke ŝi aŭdis la komencon de la skandalo, ke ŝi tuj kuris en la kuirĉambron, provis pacigi la plenaĝulojn sed ne sukcesis. Ŝi atestis ke pri la kverelo kulpas la patrino, ke Lupo nur defendis sin. Lupo rifuzis paroli, kaj la policistoj ne insistis, komprenante ke la viro estas ŝokita. Provizore ili lasis lin hejme.

Sed en la sekva mateno evidentiĝis ke nokte la virino mortis en la hospitalo pro krani-cerba traŭmato. Ekde tiam la fortuno elektis mavan vojon por Lupo.

La filino, kiun konsternis la forpaso de la panjo, insistis pri ŝanĝo de la atesto prezentita antaŭe. Nun ŝi plorpetis protokoli ke estas Lupo kiu komencis la kverelon.

La polico protokolis. La polico prezentis traserĉan mandaton kaj renversis ĉion en la apartamento. La polico trovis dum la traserĉo gravan dokumenton – atestilon ke Lupo en junaĝo okupiĝis pri bokso kaj ricevis la kvalifikon de majstro-kandidato. Tiu dokumento provokis la konkludon ke la bato de Lupo estis bato de fakulo. La polico arestis Lupon.

Antaŭ la proceso oni permesis ke reprezentanto de la metiejo vizitu lin en provizora arestejo. La reprezentanto estis mi. Mi trovis Lupon aspekte trankvila, bone razita kaj digne sin tenanta eĉ en la vesto de arestito. Mi diris ke por subteni lin la estraro de la metiejo prezentis ege pozitivan karakterizon pri li. Ke tiun dokumenton lia advokato voĉlegos dum la proceso, kaj tio devas mildigi la punon. Li akceptis tion skeptike. "Ne helpos tio, – li diris, – murdo estas murdo, mi devas respondeci". "Sed..." – mi komencis. "Lasu, – li intervenis tuj. – Mi scias, kion vi volas demandi. Do. Ankaŭ nun mi amas ŝin, ne miru."

Dum la lasta juĝkunveno la prokuroro postulis por Lupo dekjaran bagnadon. La advokato, per aserto ke la murdo absolute ne estis antaŭplanita kaj per prezento de la pozitiva karakterizo de Lupo flanke de la estraro, tamen sukcesis atingi ioman redukton. La verdikto estis – ses jaroj da bagno en reedukejo kun rigora reĝimo.

*

La jaroj rapidis, plenigante mian vivon per aro da eventoj – ĝojaj kaj tristaj, feliĉaj kaj mavaj, interesaj kaj enuigaj. Por kelkaj jaroj mi forlasis mian oficon en la metiejo kaj entute forveturis el la urbo. Kiel pasis tiuj jaroj por Lupo – mi apenaŭ imagas.

Sed reveninte al la metiejo mi trovis lin en la kutima laborloko. Mirinde, li aspektis senŝanĝe. La samaj lipharoj, la sama kripligita boksista nazo... nur iom sveltiĝis lia staturo, kaj en la grizaj okuloj aperis io, kion mi ne vidis antaŭe. Angoro? Tristo? Mi ne povis tuj klarigi tion al mi mem.

La julia tago modere varma, sed taŭga por resti en la freŝa aero, eĉ vokanta tien, sidigis min kun Lupo sur benketo apud la metieja konstruaĵo dum la tagmanĝa paŭzo. "Do, kiel vi?" – mi demandis. "Normale..." – Lupo suspiris kaj pene kunmetis rideton sur la vizaĝo. – La filino min pardonis, mi loĝas kun ŝi kaj ŝia edzo. Jes, ŝi edziniĝis antaŭ du jaroj..." "Sed ĉu vi mem... – mi rigardis lin streĉe, – ĉu vi pardonis vin mem?" "Vidu, – Lupo respondis tuj, – mi ĝis nun amas ŝin, mian virinon. Do mi ne havas pardonon por mi." Li leviĝis kaj pezpaŝe direktis sin en la metiejon.

Aprilo 2023

TRADUKITA PROZO

Rakontoj

32

de Roberto Pérez-Franco
(el la hispana tradukis Norberto Díaz Guevara,
reviziis Jorge Rafael Nogueras kaj la aŭtoro)

Roberto Pérez-Franco naskiĝis en Panamo en 1976 kaj esperantiĝis en 1998. Inter 1993 kaj 2008 li aperigis kvin novelarojn kaj tri kolektojn de rakontoj, poemoj kaj eseoj, ĉiujn en la hispana. Li gajnis la Nacian Novelan Konkurson "José María Sánchez" en Panamo en 2005. Persona antologio, enhavanta 24 rakontojn, tradukitajn al Esperanto de Norberto Díaz Guevara, aperos en 2024. Li nun loĝas en Aŭstralio.

La bona profeto

Dio parolis al mi kaj diris: gardu vin kontraŭ tiuj, kiuj diras: Dio parolis al mi kaj diris...

2008

La ĉerizuja floro

"fali kiel petaloj de floro, tio estis nia destino"
SUNAO Tsuboi

Li vekiĝis kaj sciis sin ridanta. Kuŝante sur la herbo li malfermis la okulojn: la ĉerizujo super lia kapo lasis vidi ĉielajn spacojn inter la floraj brancĉetoj. Li rigardis al sia flanko, kaj ŝi estis tie, kuntiriĝinta sur la herbo, kvazaŭ ŝi dormus sed kun la okuloj malfermitaj al li. Ankaŭ ŝi ridetis, kaj ŝiaj lipoj ankoraŭ ruĝaj esprimis amon kaj necertecon.

– Ĉu vi amas min? – ŝi demandis sed sciis la respondon.

La duonmalfermita kimono lasis vidi denove ŝiajn porcelanajn ŝultrojn; en la malnodita hararo restis kaptitaj disaj floroj. La grundo estis kovrita de ili. Li karesis ŝian frunton kaj prenis rozan floreton.

– Ĉu vi scias, kial mi ŝatas ĉi tiun floron? – li diris.

Sed ŝi silentis.

– Ĉar ĝi memorigas min pri vi.

Ŝi ridetis kaj mallevis la rigardon. Akihiro tiam aŭdis mildan zumadon – ĉu eble abelo ĉe la flora arbopinto? – kaj poste akran siblon. Li rigardis al la proksima urbeto, Hiroŝimo, kaj subita fulmo inundis ĝin.

Li aŭdis nenion. Li sentis nenion. La cindroj kovris la bruligitajn ebenaĵojn.

2006

La profetaĵo

Kiĉireja, la plej respektinda el la sorĉistoj kuevaj[1], kiun la legendo supozigas senmorta, enspiras la fumon de la herbo. Lia mensa okulo malfermiĝas kaj vidas la dancon de l' Dio.

Estintaĵoj, estantaĵoj kaj estontaĵoj, ĉio ekaperas antaŭ tiu ĉi okulo. La tribestro demandas koncerne sian regadon. Fininte la respondon, la orakolo estas nun preta por lia parulino.

– Kiuforma estas la mondo? – ŝi demandas.

La veron oni montras al ŝi:

– La mondo estas senfina maro – respondas Kiĉireja – kaj en ĝia mezo estas elmariĝinta terpeco kun formo de jadkolora jaguaro.

La brusto de la kueva reĝino malkvietiĝas.

– Kiom da sunoj daŭros nia regado?

La sorĉisto, en ekstazo, asertas:

– Sekiĝos la senfina maro antaŭ ol ĉesos ekzisti la nobeleco de via gento.

La reĝino denove ridetas. Ŝi stariĝas kaj paŝas al la granda kabano, lasante post si la murmureton de la konkoj pendantaj de ŝia maleolo.

La malsata rigardo de la sorĉisto sekvas ŝin.

En la lazura horizonto, rigardata de neniu, la karaveloj de Bastidas ekaperas sur la marondoj, en la nebulo, kun kruco kaj glavo.

Li venigas la marsekiĝon...

2006

---

1   **Cueva:** Amerika indiana popolo, kiu loĝis en la orienta parto de Panamo

Pri kiel la 17a ĉapitro ne estis la lasta

al Enrique Jaramillo Levi

Venkita, kuŝanta sur la grundo proksime de la morto, la kavaliro la-sis sian kapon kliniĝi flanken. Li povis vidi kiel lia maljuna ĉevalo klo-podas eskapi, kompatinde forgalopante de la rabobesto, tamen mal-sukcese. Pretere, sur monteto kies kurba konturo videblis kontraŭ la vespera ĉielo, li kredis vidi la neklarajn figurojn de du rajdantoj, kiuj same klopodis eskapi. Li palpis siajn vizaĝon kaj barbon. Li vidis, ke la mano sangokovriĝis. Li volis stariĝi aŭ almenaŭ turni sin flanken sed ne povis. Li sentis leĝerecon en la kapo, kiel okaze de dormemo, kaj li komprenis, ke lia vivo estas foriranta. "Vidu kia malfeliĉo fine venas al mi", li malforte murmuretis. "Helpu min en tiu ĉi malfeliĉa horo, kara mia". Freŝa vento de okcidento skuis la reĝajn flagojn kaj la branĉojn de anzino[2].

o - O - o

La plumo subite haltis. Apogante sin sur la skribotablo, la viro fermis la okulojn kaj per la montrofingro masaĝis la lacajn palpebrojn. Nekonata sento, kvazaŭ malĝojo aŭ melankolio, ŝvebis en la brusto. Li rigardis tra la malfermita fenestro. Malpuraj infanoj ludis per lignaj glavoj en la strateto. Estis vespere. La iom fora voĉo de kriisto distris lin dum momento. Li stariĝis kaj rigardis la faskon da paperfolioj kuŝantaj sur la tablo. Li denove sidiĝis. Io ankoraŭ mankas, li sentis. Io ne estas en la ĝusta loko. Li prenis la lastan folion el la fasko kaj ŝiris ĝin. Poste li metis en alian lokon de la fasko la antaŭajn kvar foliojn. Li denove pretigis la plumon.

o - O - o

La kavaliro malfermis la okulojn. Sur la monteto aperis la figuroj de la du rajdantoj. Li levis la rigardon kaj vidis la leonon salti sur lin kaj forigi per la ungegoj la vundojn sur lia korpo, kaj poste la besto dorsen kuris en la kaĝon, kie ĝi trankvile kuŝiĝis. Li sentis, ke lia korpo estas ĵetita supren, en la aeron, kaj la doloro malaperis. La maljuna ĉevalo galope revenis, ankaŭ malantaŭen, kaj kapriole metis sin sub lian korpon. La

---

2 **Anzino:** verda kverko, ileks-kverko

armaĵo ne bruis, kiam li falis sur la selon. La ĉevalaĉo kaj la rajdanto restis kvietaj antaŭ la ĉaro de la leonoj. La memoro pri la feroca atako malaperis. Levante la rompitan vizieron, Donkiĥoto rigardis la leoniston, kiu atendis lian respondon. Vento de okcidento skuis la flagojn.

2006

Al la ĝardeno

al Rogelio Sinán

– Pasintnokte mi sonĝis pri ŝi.

"Denove", veis la patrino, klinante la kapon kaj krucsignante sin. La patro silente rigardis sian filon, kiu sidis ĉe netuŝita telero da cerealo. Post longa paŭzo li demandis: "Kion ŝi diris ĉi-foje al vi?"

– Ke vi ne zorgu pri ŝi. Ŝi diris, ke panjo devas ne plu plori, ĉar ŝi bone fartas.

La patro rigardis la patrinon, kiu kuntiris la brovojn kvazaŭ pardonpete. Senpacience, li stariĝis, kisis al la aero super la kapo de sia edzino kaj metis sian manon sur tiun de la filo. Li surmetis la jakon, prenis tekon kaj eliris el la domo.

– Al via paĉjo ne plaĉas, ke vi parolas pri tiaj aferoj.

– Kion signifas "ateisto"? – demandis la infano.

La patrino silentis. "Vi devas iri al la lernejo. Mi ne volas, ke vi malfruu".

La sekvan matenon la gepatroj matenmanĝis en silento kaj de tempo al tempo ĵetis oblikvan rigardon al la filo.

– Pasintnokte mi sonĝis pri ŝi.

– Ĉu vi komprenas min nun? – diris la patro. – Vi devas alkonduki lin hodiaŭ. Psikologo povos helpi lin. Ni ne povas resti kun krucitaj brakoj, farante nenion, kaj lasi lin kreski tia.

La patrino senvorte jesis per malĝoja gesto. Ŝi volis demandi ion al la filo sed tion ne faris.

– Mi diris al ŝi, ke vi ne kredas min. Ŝi diris, ke mi diru tion al panjo: la tagon, kiam ŝi mortis, okazis io bela, kiun nur ili vidis.

– Vi ne estis tie – interrompis la patrino subite ruĝiĝinta.

– Mi estis en la lernejo. Paĉjo ankoraŭ ne venis el la laborejo. Sed ŝi estis tie. Tiun tagon vi ambaŭ estis solaj en la domo. Ŝi diris, ke ŝi sentas grandan doloron, kaj tiun tagon ŝi komprenis kial. Ŝi klarigis al mi, ke la vivo estas kiel lernejo: oni venas, lernas kaj foriras. Ŝi sciis, ke ŝi lernis sian lecionon kaj ke tempas foriri.

La patro, kolera, stariĝis, movis la tablon kaj elprenis ledan zonon. "Sufiĉas" – li kriis. – "Tiun ĉi kanajlon mi tuj edukos." Li prenis la infanon je la brako kaj komencis zonbati lin.

– Estis papilio tie! – ploris la infano.

La patrino haltigis la patran brakon kaj genue antaŭ la infano demandis:

– Kion pli ŝi diris al vi?

– Ke tiun matenon la papilio eniris tra la fenestro en la ĉambron kaj flugis al ŝia brusto. Ŝi vidis ĝin, panjo, kvankam ŝiaj okuloj estis fermitaj. Ŝi diras, ke ankaŭ vi vidis ĝin, ke vi ĉesis plori kaj kviete rigardis la papilion milde movi la flugilojn ĝis ĝi endormiĝis. Ŝi diras, ke la respondo al via demando estas: jes. Ĝuste en tiu momento ankaŭ ŝi endormiĝis.

– La papilio mortis – veis la patrino.

– Ŝi diris al mi, ke vi metis la papilion en ŝian ĉerkon, inter ŝiajn manojn.

– Vi ne estis tie.

– Ŝi vidis ĉion – insistis la infano. – La papilio estas tie, apud ŝi. Pasintnokte ŝi montris ĝin al mi. Ŝi diris, ke vi ne kredos min. Ŝi petis, ke mi kunportu ĝin, por ke vi kredu min.

La infano elpoŝigis lignan skatoleton, kaj el ĝi prenis senmovan papilion. La patrino paliĝis ekvidinte ĝin.

– Ĝi mortis, ĉu vi ne vidas? – pafis la patro.

– Ŝi diris, ke vi prenu ĝin, kiel en tiu tago.

La patrino tuŝis la papilion, kiu tuj ekmovis siajn flugilojn. Flagrante sub la matena suno, kvazaŭ eta anĝelo kiu eliras el abismo", ĝi flugis tra la malfermitan fenestron al la ĝardeno.

2005

TRADUKITA PROZO

La trovaĵo

al Ariel Barría

Kiam ni malfermis la malantaŭan pordon de la kamioneto, tie estis ili: pakaĵoj sur pakaĵoj, volvitaj en plasto kaj glubendo. La ŝoforo saltis el la kamioneto kaj klopodis eskapi, sed la kolegoj de la alia policaŭto persekutis kaj alpafis lin, kiam li rifuzis halti. Dum la preterpasantoj gape rigardis la ulon morti sur la pavimo, mi estis paralizita pro la granda kvanto da drogo, kiu estis antaŭ mi en la ŝarĝaŭto.

– Dio mia.

Je rapida rigardo, mi kalkulis proksimume tunon kaj duonon da bonega drogo. Poste, la Direktoro de la Polico oficiale anoncis la pezon: 1615 kilogramojn da pura kokaino. Oni gratulis nin en la policejo kaj fotis nin dum manpremado inter ni kaj la Direktoro, kun la standardo de la Policoficejo en la fono. "Ekzemplaj oficiroj", li diris. Mi eĉ ne pensis klare, premate de la grandeco de la trovaĵo.

Tiun nokton, enlite kun mia edzino, mi ankoraŭ havis la damnitajn sakojn en la kapo.

– Vi tremas – diris al mi mia edzino. – Kio okazas?

Mi ne povis respondi. Mi dormis eĉ ne minuton: la okuloj restis malfermitaj la tutan nokton, rigardante mian edzinon, la bebon dormantan en la lulilo, la krucon pendantan sur la mizeraj muroj de la mizera domo, kie ni loĝis, kaj por kiu mi pagis metante mian vivon en riskon ĉiutage.

– Granda bonsorto trafis nin hieraŭ, aĥ? – diris al mi Pako, kiam mi eniris la policaŭton la sekvan tagon.

Mi alrigardis lian vizaĝon kaj vidis, ke li seriozas. Pako havis la okulojn ruĝaj, kaj lia elspiro odoraĉis je malmultekosta alkoholaĵo. Certe li maldormis la tutan nokton, fortrinkante la cent dolarojn, kiujn la Polico donis al ni premie pro la granda kvanto da drogo konfiskita. Li aspektis honeste feliĉa pri la tuta afero. Ŝajnis al mi, ke Pako vidas ĝin kiel grandan okazaĵon, favoran al sia kariero, kaj kiel bonan ŝancon por inviti siajn amikojn al senpagaj drinkaĵoj.

– Ĉu vi pasigis bonan nokton? – sarkasme mi demandis al li.

– Diablan! – li respondis.

– Drinkado kun amikoj kaj dancado kun junulinoj?

Surprizita de mia tono, li diris:

– Kaj nun, kiu fek' estas via problemo, frato?

– Pako... – mi diris al li, balancante la kapon. – Vi havas eĉ ne nebulan ideon pri tio, kion ni faris hieraŭ.

– Nian laboron! – li respondis, kun surprizo.

– Tio estas tro da kokao, Pako. Tro. Ni ne estu tiel bonaj. Al iu grava krimulo mankas nun tuno kaj duono da kokaino, kaj mi certigas al vi, ke tiu ruzulo ne estas kontenta pri ni.

Pako subite iĝis sobra kaj jam ne ridetis.

– Ĉu vi ne vidis hazarde hieraŭ veturilon malrapide pasi preter via domo, pli ol unu fojon?

Li rigardis min, kvazaŭ klopodante memori. Subite, li malfermegis la okulojn.

– Damnu min! Fek', fek' al...

Li klinis la kapon kaj premis sian vizaĝon per la fingroj, kvazaŭ skrapante la okulojn.

– Ĉu vi kredas, ke ili scias kie mi loĝas?

Mi ne povis respondi al li. Sed mi sentis, ke respondo ne necesas.

– Ni estas mortintaj, kolego, ni estas finitaj – plendis Pako, maltrankvile.

– Trankviliĝu. Ni devas nur esti zorgemaj de nun. Tenu la okulojn bone malfermitaj kaj fidu neniun. Ĉu vi komprenas? Neniun. Ĉio glate iros.

– Ĉu vi estas certa? – li demandis min, kun larmoj sur la vangoj.

Mi rigardis tra la fenestro. En preterpasanta policaŭto, policano kun malhelaj lensoj rulis suben la vitraĵon de fenestro kaj levis la manon, kvazaŭ por saluti nin. Mi malkroĉis la revolveringon kaj kontrolis la ŝargilon: ses bronzkoloraj kugloj dormis en la malvarma karuselo. Aŭdiĝis milda klako de perkutilo.

– Ĉu vi estas certa? – denove demandis Pako, pli trankvile.

Sed mi jam ne povis plu mensogi al li.

2008

al Julio Cortázar

"Unu vivon poste ni komprenos,
ke la vivon ni perdis nur pro timo"
Juan Pablo SILVESTRE

Luisa neniam komprenis, kial ŝi mortis. Dum la grandega muelila ŝtono, blinda ĉe sia eterna akso, daŭrigis la cirklan iradon nenien, ŝiaj okuloj perdis la brilon fikse kaj senhelpe rigardante la brakon. La antaŭan vesperon, la suno, kiel momenta lampiro en tre profunda puto, brilis en tiuj samaj okuloj. Sidantaj sur la teraso de ŝia domo, Luisa kaj ŝia amikino Lucia babilis. Ili parolis pri amo, sekso, estonta vivo. Kaj ili ridis – ho, Dio, kiom ili ridis!

– Ĉu vi scias? – diris Lucia. – Mi decidis iri ĉi-vespere al la maljunulino, por ke ŝi legu mian manon.

La mieno de surprizo de Luisa ne surprizis Lucian.

– Tiu freneza maljunulino ne atingos, ke li rimarku vin.

– Sed ŝi povas diri, ĉu iutage li faros tion. Kial vi ne venas kun mi?

Esprimo de nekredemo rapide aperis sur ŝia vizaĝo: "Mi ne kredas je tiaj aferoj".

– Kompreneble ne... – akceptis Lucia. – Sed ĉu vi ne sentas scivolemon? Oni diras, ke antaŭ ol vi naskiĝas via vivo estas jam skribita tie, en la linioj de via mano.

Ili eksilentis. Ankaŭ dum la noktiĝo, unu apud la alia, ili silentis dum la maljunulino frotis la maldekstran manon de Lucia. Ŝi plenatente rigardis ĝin kaj fermis la okulojn: ŝi parolis longe pri vivo, amo, sano, mono. Luisa ektremis ĉe ĉiu vero, kiun la maljunulino diris pri ŝia amikino. Intimajn aferojn, sekretojn inter ili du: ĉion ŝi vidis. Post kiam la maljunulino finis la laboron pri Lucia, Luisa antaŭsentis, ke ŝia vivo ŝanĝiĝos. La ciganino prenis ŝian maldekstran manon, forte kunpremis la lipojn kaj restis silenta longan tempon. Poste ŝi rigardis ŝiajn okulojn, kun bedaŭro.

– Sed vi ne kredas je ĉi tio, mia kara...

– Kion vi vidis, sinjorino? – postulis Luisa kun rompita voĉo.

Angoro longigis la mallongan paŭzon, ŝajnigante ĝin senfina.

– Estas pli bone, ke vi foriru kaj forgesu ĉion – diris la maljunulino sciante, ke ŝi ne faros tion.

"Diru al mi jam, je Dio", ŝi petegis, kaj la maljunulino fermis la tristajn okulojn, maltrankvila. La polmo de ŝia mano, seka kiel maldika cepoŝelo, apenaŭ tuŝetis la ŝvitan manon de Luisa.

– Okazos tre baldaŭ, mia kara. Estas skribite ĉi tie, ekde la unua tago.

Silento. Larmo falis sur la nudan kaj tremantan manon, malfermitan al la ĉielo. "Diru al mi kiam", insistis Luisa, kaj alia larmo falis sur ŝian manon, kiam ŝi aŭdis la respondon. "Kion mi povas fari por eviti tion, oldulino?"

– Detruu ĝin, se vi volas vivi. Dum la mano ekzistas, via sorto estas tia.

La ŝtono turniĝadis, malrapide kiel la mondo, antaŭ ŝiaj velkintaj okuloj kaj palaj lipoj. Tiumatene la suno varmigis tiujn lipojn, survoje al la preĝejo. La irado lasis al ŝi tempon pensi pri sia edzo, sia eta filino, pri la aliaj gefiloj, kiujn ŝi volis venigi en la mondon, pri la genepoj, kiujn ŝi volis vidi ludi ĉirkaŭ ŝi.

Ŝi sentis, ke la vivo foriras el ŝia brusto. Ŝi ne alvenis al la preĝejo. La muelilo kun svingiĝantaj aloj, kiun ŝi trovis survoje, similis al la bildo de ŝia songo: la aloj blankaj; la pordo malfermita; la ŝtono pigre turniĝanta sur la grenoj; la interno malplena; la suno disradianta inter la fendoj de la tegmento, kiel aro de anĝeloj falantaj en abismon.

Ŝi kontemplis la senĝenan turniĝon de la ŝtono dum unu horo. Neniu aŭdis ŝian krion, kiam ŝi enmetis la manon. La membro tuj malaperis en fajna ruĝa pasto ŝmiriĝinta sur la ŝtonplato. Paralizita pro la doloro, Luisa dorsfalis kun la stumpo levita al la ĉielo kiel mortinta branĉo. Kun la okuloj fikse rigardantaj la amputitan brakon, ŝi sangis ĝismorte sen kompreni, kio okazis. Blinda antaŭ la agonio, la muelila ŝtono plu turniĝadis la tutan vesperon, imitante la persistemon de la somera vento. La krepusko senĝene finiĝis, senatenta pri la trista bildo de la senmova korpo kun la maldekstra mano kompleta, kaj kun la dekstra brako tranĉita kaj vertikala.

2005

Kronado[3]

Vestita per ora brokaĵo kaj ruĝa silko, la juna heredanto atendas. Malantaŭ la ĉizitaj palisandraj muroj, li aŭdas la voĉon de sia Majstro. La investituro daŭris du horojn, inkluzive de tuta horo por aranĝi liajn longajn harplektaĵojn kun la krona drako. La pordo malfermiĝas, kaj la Majstro salutas lin per eta riverenco.

"Dum dek du jaroj oni vin pretigadis, Chao-Ping, por ĉi tiu tago. Vi jam majstras la sciencojn kaj artojn de regado, diplomatio kaj politiko. Sed antaŭ ol vi povos aliri la tronon de via patro, vi devas lerni kvin esencajn lecionojn, kiuj bone utilos al vi dum via reĝado."

La larĝa kurteno el virga silko falas, kaj la juna heredanto ekvidas antaŭ si iluzian spegulon de bildo, kiu moviĝante perfidas, ke ĝi ne estas lia propra. Aliulo, kun la samaj aĝo, figuro kaj vizaĝo, same vestita kun la mantelo kaj juveloj de la Imperio, kontemplas lin vidalvide, mirigita.

"Kiu estas vi?", ili ambaŭ demandas, preskaŭ unuvoĉe. La Majstro diras, kun brakoj malfermitaj al ambaŭ: "Unua leciono: la Imperiestro scias, ke estas respondoj kiuj alvenas nur kun la tempo."

Per sia ligna bastono el seka ĉerizujo, la Majstro frapas la pordon: du eŭnukoj alportas malgrandan tablon, kun tabulo preta por ludado. Simpla gesto sufiĉas, por ke ambaŭ junuloj sidiĝu unu fronte de la alia, silente. Dum unu horo aŭdiĝas nur la milda klakado de la ŝtonetoj sur la ligno. Silentaj demandoj interkruciĝas super la ardezaj kaj konkaj ludpecoj. La aliulo, maltrankvila, ekscias, ke malvenko baldaŭas, kaj li rezignas per subtila kapjeso. Ambaŭ stariĝas.

"Bela kaj malfacila batalo", laŭde diras la Majstro. "Dua leciono: la Imperiestro trankvile pripensas sian strategion."

Alia perbastona frapo revokas la eŭnukojn, kiuj venas kun du glavoj. La venkito kiel la unua elingigas la sian, kaj Chao-Ping defendas sin. La ĝemoj de la klingoj plenigas la ĉambron. Post streĉa batalo la aliulo falas: la glavo de Chao-Ping minace premas kolan vejnon, kie pulsas la sango.

"Nobla kaj furioza batalo! Tria leciono: la Imperiestro scias liberigi kaj moderigi sian forton".

"Kiu li estas, Majstro?", denove demandas Chao-Ping. La Majstro silentas, do la aliulo respondas: "Mi estas Chao-Kiang, sola filo de la for-

---

3   Tradukita de la aŭtoro, kiu dankas al Norberto Díaz Guevara kaj Jorge Rafael Nogueras pro iliaj revizioj.

pasinta imperiestro Ying-Chao, kaj heredanto de la trono." Malnodita harplektaĵo sorbas liajn larmojn. "Neeble", flustras la kronprinco. "Mi ne havas gefratojn. Mi kreskis sola en la norda alo de la palaco, ĉiam sciante min heredanto". Ambaŭ rigardas, agititaj, la Majstron, kiu anoncas: "Kvara leciono: Estas veroj tiel profundaj, kiujn eĉ la Imperiestro ne scias."

En la salono, de malantaŭ la pordego de la ĉambro aŭdiĝas la vokoj de la Mil Ministroj, kiuj atendas la Imperiestron kaj lian kronadon.

"Vi montris, Chao-Ping, per via saĝeco kaj forto, ke vi estas inda filo de via patro. Estas la momento fari tion, kio farendas", diras la Majstro. Sed Chao-Ping ne moviĝas. Kun sia glavo ankoraŭ pikanta la karnon de la alia li demandas: "Mi volas scii ĉu vi estas mia frato. Se vi estas mia frato, mi volas, ke vi venu kun mi kaj estu mia konsilisto. Se vi estas mia frato..." La alia ekploras kaj plendas al la Majstro: "La trono estas mia... de ĉiam. Vi perfidis min. Kiel mi povus akcepti esti simpla konsilisto de ĉi tiu trompanto?"

"Kvina leciono: la Imperiestro zorge elektas siajn konsilistojn", la Majstro diktas.

Post eksono de la bastono kontraŭ la pordo, du gardistoj eniras kun nigra mantelo, kaj prenas la venkitan knabon, kiu estas envolvita kaj trenita eksteren, al la suda limo de la Palaco. "Se vi estas mia frato, indulgu mian vivon", li krias dum li estas forportata. Kiam la voĉo perdiĝas malantaŭ la rozkoloraj kolonoj, la granda pordego malfermiĝas kaj la Mil Ministroj stariĝas. Chao-Ping, pala kaj ŝvita, por la unua fojo vidas la tronon en la salono lumigita de ruĝaj lampoj.

"Dum dek du jaroj mi lernis sub viaj zorgoj, Majstro, pretiĝante por ĉi tiu tago. Mi neniam pridubis vin aŭ vian lojalecon al la Imperio. Diru al mi nur unu aferon, Majstro... Diru al mi ĉu li estis mia frato aŭ iu trompanto, ankoraŭ alian el viaj lecionoj."

La Majstro faras mildan riverencon kaj invitas lin iri antaŭen. "Ne plu estas lecionoj, Via Dia Moŝto. Chao-Ping estas la nova imperiestro."

2011

Libieĉo[1]

de Grazia Deledda
(el la itala tradukis Sara Spanò)

Grazia Deledda (Nuoro, 1871 - Romo, 1936) estis itala verkistino.

Deledda naskiĝis en Nuoro, en la insulo Sardio. El riĉa familio, ŝi jam frue komencis verki kaj publikigi poemojn kaj rakontojn en lokaj ĵurnaloj. Kiam ŝi en 1900 kune kun sia edzo transloĝiĝis al Romo, ŝi jam estis konata verkistino en tuta Italio.

En 1926 ŝi gajnis la Premion Nobel de Literaturo kun la jena motivigo: "Pro ŝia potenco de verkistino, subtenata de alta idealo, kiu bildigas en plastikaj formoj la vivon, tia kia ĝi estas en ŝia apartigita denaska insulo, kaj kiu kun profundeco kaj varmo pritraktas problemojn kun ĝenerala homa intereso". Ŝi mortis en 1936 en Romo.

Danke al la verkaro de Grazia Deledda, la okcidenta kulturo malkovris Sardion.

Sub influo de Giovanni Verga, ŝi sekvis la verisman skolon, sed kontraste al la ekzemplo de Verga, ŝi rezignis pri dialektaj esprimoj en sia lingvaĵo. Deledda ofte uzis la sardan pejzaĝon kiel metaforon por la malfacilaĵoj en la vivo de ŝiaj roluloj.

Inter ŝiaj verkoj, menciindas: *Canne al vento* ("Kanoj en la vento", 1913), *La madre* ("La patrino", 1920, tradukita al Esperanto en 1983 de Giuseppe Lacertosa).

Fontoj (kie troveblas ankaŭ kompleta verkolisto):

eo.wikipedia.org/wiki/Grazia_Deledda
www.bitoteko.it/esperanto-vivo/eo/2020/09/27/grazia-deledda

De tri tagoj furioza libieĉo frapis la sovaĝan maron kontraŭ la nudan teron: la malgranda rodo ĉirkaŭata de kabanoj ŝajnis dezerta, kia ĝi estis dum la tuta jaro, kaj nur la ondaj kaj ventaj voĉoj muĝadis en la spaco.

La du geamantoj tamen renkontiĝis subĉiele, inter la klifoj. Unue desupris la viro. Prudenta, lerta, etendante brakon de tempo al tempo kvazaŭ por certiĝi, ke nenio danĝera estas ĉirkaŭe, li sterniĝis sur la

[1] *Libieĉo*, sudokcidenta vento [el la itala *libeccio* /libeĉĉo/, siavice el la araba *lebeĝ*, siavice el la helena λίψ λιβός "pluva vento"; laŭ alia hipotezo el la helena λιβύκιον, derive aŭ karesforme el λιβυκός "venanta el Libio"]. La vorto aperas ekzemple en lastatempa poemo de Nicola Ruggiero: *Vento libieĉa / vent' sudokcidenta / portu al ni pluvon / en ĉi nokto breĉa. – La tradukinto.*

nigran sablon, sub la ombro. De tie li vidis dekstre la lividajn montojn, ĉe la proksima horizonto, sub la kurantaj nuboj: la nova luno ĵetis orajn ombrojn sur tiun tutan duonviolan ŝton-ĥaoson, kiu el la kruta deklivo desupris poste al la maro kaj finiĝis en longa klifa vico, maldekstre. La klifoj trinkadis la saltantajn ondojn kaj vomadis ilin kiel sataj monstroj.

La viro rigardis al la silentaj kabanoj, kaj al li ŝajnis aŭdi ĝemojn, inter la venta kaj mara muĝado. Eble tio estis iu el la malsanuloj, ĉar preskaŭ ĉiuj bangastoj estis suferantaj vilaĝanoj alvenintaj el la landinterno, de malproksime per ĉaroj, per paciencaj ĉevaloj, por provi kuraci sin. Eble tio estis ŝia edzo mem, vundoplena kaj senforta kiel leprulo, kiu plendis pro la vetera turmento. Jen kial ŝi malfruis.

Sed la viro senpaciencis ne pro tio. Malfrue aŭ ne, ŝi alvenos; kaj li pensis pri la *alia* virino, pri tiu kiun li ne atendis kaj kiu neniam alvenos, kvankam ŝi estis tie, tute proksime, pli proksime ol lia amantino.

Li turniĝis surventre, kun la vizaĝo inter siaj brakoj, kaj maĉis la salan sablon. Kaj denove, dum kunfandiĝis la mara muĝado kaj la anhelado de lia koro en ununuran vibron, en bruon kiu ŝajnis subtera, la ĝemo, kiel konduktita ĝuste de la tero, alvenis al li. Aŭskultante, li suprensaltis: sed en la aero nur la maro kaj la vento hurladis inter si.

La luno lante desupris, inter la nuba cindro, jen ruĝa kiel vundo, jen blua kiel infana okulo: ĝi malaperis, reekflamis, ŝajnis timi tuŝi la malkvietan abismon, sed la ondoj elanis al ĝi kolere, dezire, kaj poste ebeniĝis sub ĝi, tremante el sango kaj larmoj.

La viro sterniĝis denove kaj aŭdis ankoraŭfoje la ĝemon: do li ekstaris kaj iris rigardi. Virino sidis sursable, ĉirkaŭbrakante siajn genuojn, kun la kapo en tuka volvo skuita de la vento, kaj rigardis la maron. Li rekonis ŝin kaj tuj eksentis, ke tiunokte la nodo de lia destino malligiĝos.

Li ĵetis sin sur la sablon apud ŝi kaj ŝajnis al li ke ĉion ĉirkaŭe, la maron kaj la ĉielon, ĉion movas la nigraj flugiloj de la tuko skuiĝanta sur ŝia kapo. Ŝia rekta nazo, ŝiaj karnodikaj lipoj, desegniĝis sur ŝia livida vizaĝo kiel profilo de bronza medalo.

"Kiel fartas via bofrato?" la viro demandis.

"Vi devus scii pli ol mi!"

"Kiel pli ol vi? Kial pli ol vi?"

"Ĉar vi amikas al mia fratino pli ol ŝi al mi! Jen!"

La vento forportadis de ŝia buŝo la akrajn vortojn. La viro pli alproksimiĝis al ŝi, kun la kapo preskaŭ sub ŝiaj piedoj, kaj alrigardis ŝin desube.

"Kio okazis, Agata? Kial vi estas tia ĉi-nokte? Kial vi solas ĉi tie? Ĉu vi, kiel vi diris plurfoje, ne timas vian edzon? Kie li troviĝas?"

"Kiel scivolema vi estas, Diego! Li, jes, ankaŭ ĉi-vespere diris al mi ke se li vidas min kun vi li mortigos min: min mortigos, vidu, ne vin. Ne timu, do."

Li saltis antaŭ ŝin, surgenue, tremanta kaj feroca. Al li ŝajnis enfundiĝi en la sablon, antaŭ ŝi, kaj ke ŝi piedpremos lin por enprofundigi lin pli bone.

"Agata! Kio okazis? Mi volas scii! Vidu, mi aŭdis vin ĝemi: vi estas tie, nun, kiel ĉiam, malvarma kiel statuo, sed la koro diras ĉion al mi. Ĉion! Parolu, Agata, aŭ ĉi-nokte io okazos."

"Ja nenio, verdire! Ni iom diskutis, li kaj mi, ĉar li iris tien, ĉe mian fratinon, sub la preteksto ke mia bofrato malsanas. Mi ne volis. Vi ja scias ke mi kaj mia fratino kverelis antaŭlonge: vi scias ĉion de ŝi. Do mi diris al mia edzo: jes, jes, iru tien, prigardu tiun bonan viron kaj lasu min sola. Mi alvokos Diegon, ke li kunestu kun mi! Kia li fariĝis! Kiel ĉi tiu maro, livida, nigra. "Faru, faru – li diris al mi – se mi vidos vin kun li, mi mortigos vin. Lin mi lasos vivi, por ke li plu amuziĝu kun edzohavaj virinoj""

La viro ekkaptis sablomanplenojn, kiujn poste li ĵetis antaŭ sin. Ne, ne estis nur tio. Li sentis ke la virino mensogas kaj li volis scii ĉion. Li denove sterniĝis, klopodis trankviliĝi.

"Kaj vi iris eksteren, kaj sidiĝis ĉi tie, subvente, dum en belveteraj vesperoj oni neniam vidas vin. Kial?"

"Por elverŝi mian koleron! Ĉu vi ne vidas?"

"Kaj kio se via edzo nun revenas kaj vidas vin kun mi?"

"Li mortigos min."

"Kaj ĉu vi ĝojas?"

"Tre, Diego. Kion mi faru, vivanta? Neniu amas min. Vi konas min, de la infanaĝo. Ni estas najbaroj, tie! Mi estis fianĉino de riĉa viro kaj ŝi, mia fratino, forrabis lin de mi. Je ŝia sano, tamen, kun tiu viro: li putris inter ŝiaj manoj kiel tro matura frukto! Poste mi edziniĝis kun viro kiu ne amas min: subpremi min, jes, sed ami min, ne. Vi scias tion, Diego, vi scias tion de mia fratino. Vi ĉiuj iras ĉe ŝin kiel ĉe gastejestrinon kiu havas fortan vinon."

"Silentu, Agata! Ni iras ĉe vian fratinon ĝuste ĉar ŝi similas al vi: oni trinkas vinaĉon nur ĉar ĝi similas al la bona vino."

"Silentu vi! Vi viroj ĉiam parolas tiel sed ne ĉiuj virinoj kredas vin."

Li suspiris anhele, mordante denove la sablon ĉe ŝiaj piedoj.

"Agata, se vi nur volus! Agata, se vi ne estus virino el ligno! Mi por vi... Mi ne scias kion mi farus... mi ne scias! Ion, kion neniu faris antaŭe."

Sed Agata ekstaris kaj gvatis, kun la vesto blovĵetita alidirekten de la vento. Kelkaj momentoj pasis. La viro havis la impreson ke Agata forflugos, portita for de la vento: se li ne prenos ŝin en tiu momento, li ne plu havos ŝin: tamen li ne aŭdacis tuŝi ŝin. Ŝi rekaŭriĝis.

"Mi kredis, ke estas li."

"Sed ĉu vi vere timas?"

"Ja ne. Se mi timus, mi ne estus ĉi tie. Kaj mi restos ĉi tie ĝis li revenos: mi volas morti... mi volas morti..."

"Agata! Ĉu vi ploras? Agata? Agata?"

Kaj do ankaŭ li kaŭriĝis apud ŝi, kaj ili konsistigis unusolan doloron, unusolan turmenton en la turmentata nokto, parence kuniĝintaj meze de tiu tuta nokta doloro kiel duobla semo en frukta kerno. Agata ploris sur lia ŝultro kaj rakontis al li sian suferon.

"Ĉu vi scias? Mi ne volis veni ĉi tien. Vi scias ĉion pri ni; ni estas najbaroj! Sed la kuracisto diris: "Ŝi estas malfortika, portu ŝin ĉe la marbordon". Kaj do mia edzo volis veni ĉi tien, ĉar ankaŭ ili venos, mia fratino kun sia edzo. Do mi diris: ni iru aliloken; sed mi devis obei. Li volis konstrui la kabanon apud la ilia, sed poste pensis, ke estos pli bone starigi ĝin malproksime, tiel ke mi ne vidu... Kaj tiel ankaŭ vi venis, Diego, sed ne por mi."

Ŝi abrupte forpuŝis lin, per la manoj sur lian bruston, sed li rekaptis ŝin, silente, li kunpremis ŝin al si, silente. Li tutkorpe tremis, kun fermitaj okuloj. Li vidis ĉion larmoj kaj sango, kiel tie en la maro.

"Jen, se li mortigos min, mi ĝojas. Tiel ankaŭ mia bofrato mortos kaj ili du povos geedziĝi. Kaj vi kunĝojos kun ili!"

Ŝi ankoraŭfoje disiĝis de li kaj ridis, kun la vizaĝo turnita al la ĉielo, dolorebrie. Li devigis ŝin reapogi la vizaĝon sur lian ŝultron kaj eksilentis. Li silentis kaj tremis, mordetante siajn lipojn ankoraŭ salajn pro sablo.

La vento vagadis ĉirkaŭ ili kiel saltetanta sovaĝbesto; sed ĝi sukcesis mordi nur iliajn vestaĵojn, ilian hararon: la animo restis senmova, enprofundiĝinta en la vortican hororon kiel la klifo tie apude. Finfine la viro ŝajnis trankviliĝi: li remalfermis la okulojn kaj alĝustigis la tukon ĉirkaŭ la kapon de Agata.

"Aŭskultu, vi vidos ke ĉio finiĝos. Fidu min. Ĉio reiĝos kiel antaŭe, kiam ni estis junaj, ĉu vi memoras? Mi venis ĉe la muron, inter via ĝardeno kaj la nia, kaj vi frotis la sunfloron inter viaj manoj por kolekti ĝiajn semojn. Ĉu vi memoras, Agata? Sed vi estis riĉaj kaj ni malriĉaj, kaj vi ne volis min. Vi volis la riĉan oldulon! Dio pagigas pro tiuj ĉi pekoj, Agata! Sed nun vi sufiĉe elpagis. Nun iru tien, en mian kabanon, kaj ne plu moviĝos. Ĉu vi komprenis? Vi devas obei ankaŭ al mi, almenaŭ unu fojon! Nur ĉi-foje!"

Surprizite, li vidis ke ŝi obeas. Li akompanis ŝin al la kabano kaj enfermis ŝin tie. Li revenis tien, de kie li ekiris: li denove sterniĝis sur la sablon, kaj denove la muĝado de la maro kaj de la vento konfuziĝis kun la anhelado de lia koro.

La amantino malfruis tiunokte. Ŝi havis la saman silueton kiel ŝia fratino, la saman tukon surkape, sed pli fermitan, tiel ke la brilo de ŝiaj okuloj apenaŭ videblis, kiel sur nigra masko.

Rimarkinte, ke la viro skue tremas, ŝi kisis lian manon.

"Ĉu vi koleras ĉar mi malfruis? Sed li malsanas: verdire mi devas tuj reiri. Mi timas…"

"Kiun vi timas? Ĉu lin? Aŭ la alian?"

"Diego! Kial vi parolas tiel? Kion oni rakontis al vi?"

"Venu en mian kabanon kaj mi diros tion al vi. Obeu…"

Kaj obeis ankaŭ ŝi. Ili iradis al la kabano, puŝataj de la vento. La edzo de Agata, dume, revenis, kaj ne trovinte la edzinon li serĉadis ŝin, armita. Li vidis la du homojn, de malproksime, kaj atendis ilin. Kiam ili alproksimiĝis, li celis al la virino, kaj la ruĝa fulmo de la fusilpafo, dum la eksplodo perdiĝis en la vortican bruon, lumigis la altan kaj malhelan silueton, la bronzan vizaĝon, la lividajn okulojn, kaj ankaŭ la blankan kaj dolĉan vizaĝon kaj la orajn kaj timigitajn okulojn de la viktimo, kiu falis antaŭen kun etenditaj brakoj. La amanto levis ŝin, kaj poste faligis ŝin, kaj ŝi restis tiel, sur la sablo, kiel nigra kruco.

(*Libeccio*, el *Chiaroscuro*, "Klaroskuro", 1921, Fratelli Treves Editori, Milano, p. 269-278; reaperigita en la antologio *Le affatturate*, "La ensorĉitinoj", 2022, Rina edizioni, Romo, p. 11-17)

Paĉjo[1]

de Sylvia Plath
(el la angla tradukis Brandon Sowers)

Sylvia Plath en Londono en 1961. Fonto: Vikipedio

Sylvia Plath (1932-1963) estis usona poetino, kiu grandparte famiĝis post sia sinmortigo je la aĝo de tridek, pro la poemaro *Ariel* (1965), en kiu aperis "Paĉjo" (*Daddy*), ŝia plej fama poemo. *Ariel* ricevis la premion Pulitzer en 1982.

La plejmulto de la poemoj en *Ariel* estis verkitaj dum la lastaj kvar monatoj de ŝia vivo, post la disiĝo de ŝia edzo, la angla poeto Ted Hughes. Plath mortigis sin la 11an de Februaro 1963. Ŝia duonbiografia romano *The Bell Jar* aperis unu monaton antaŭ ŝia morto.

Daddy estas ofte studata en usonaj lernejoj. La franca-usona kritiko George Steiner nomis ĝin "la Gerniko de moderna poezio". Ĝi enhavas diversajn biografiajn aludojn al la german-devena patro de Sylvia, kiu mortis kiam ŝi havis ok jarojn, kaj al ŝia rilato kun Ted.

Strukture, ĝi estas kvinpieda, kun neregula metriko kaj neregula rimo. Ĉiuj el la rimvortoj finiĝas en la originalo per la sono "-u".

Ŝi legis la poemon por la brita radio BBC en Oktobro 1962. Oni povas aŭskulti tion – kaj fragmentojn de intervjuo – ĉe Jutubo: youtu.be/paHmYyaY5XM?si=mSBhYJGm6GkBO1KU.

Ne taŭgas vi plu, ne taŭgas vi plu
Jam ne plu, nigra ŝu'
En kiu mi loĝis kiel piedo
Tridek jarojn, mizera kaj blanka,
Apenaŭ kuraĝante spiri aŭ terni "aĥ ĉu!"

Paĉjo, mi devis vin murdi.
Sed vi mortis tro frue –
Marmorpeza, sako dioplena,

---

1   La traduko ricevis duan premion en la 5-a tradukkonkurso Lucija Borčić de Kroata Esperantista Unuiĝo en 2021.

Fantoma grizplanda statu'
Frisko-foke[2] granda

Kaj la kapo en Atlantiko bizara
Kie pluvas fazeolverde super blu'
En la akvoj apud bela Kabo Moru'.
Mi iam al vi sopiris, ĉu?
Ach, du.

En la germana lingvo, en la pola vilaĝo
Skrapita plata per rulpremilo
De mil-, mil-, mil militoj.
Sed la vilaĝa nomo oftas.
Laŭ mia pola amiko

Ekzistas deko aŭ plu.
Do mi neniam certis, nu,
Kien metis vi piedartikon, radikon,
Interparoli neniam povis ni du.
Mia lango kaptiĝis en makzelo.

Ĝi kaptiĝis en pikdrato.
Ich, ich, ich, ich,
Mi apenaŭ povis ekspliki.
Mi supozis ĉiun germanon vi.
Kaj la lingvon nur kruda

Vagonaro, vagonaro,
Tuspuŝante min kvazaŭ judon for.
Judon al Dachau, Auschwitz, Belsen.
Mi komencis paroli kiel jud'.
Mi pensas, ke mi ŝajne estas jud'.

La neĝo tirola, la klara bier' de Vieno
Havas malmulte da pur'.
Kun mia cigana antaŭulino kaj mia stranga ŝanco
Kaj mia taroksak' kaj mia taroksak'
Mi eble estas ioma jud'.

---

2 **Frisko:** mallongigo de la usona urbo San-Francisko.

Min ĉiam timigis *vi*,
Kun via Luftwaffe, via tohuvabohu'.
Kaj via ordema lipharo
Kaj via arja okulo, kun brila blu'.
Ho vi, *Panzer*-ul', *panzer*-ul' –

Ne dio sed svastiko
Tiom nigra ke nenia ĉielo trovis truon.
Ĉiu virin' adoras Faŝiston,
La boton en la vizaĝ', la brutan
Brutan koron de vi, brutul'.

Vi staras ĉe l' krettabulo, paĉjo,
En la bildo kiun mi havas de vi, nu
Pli fendita en la mentono ol en la piedo
Sed ne malpli diabla pro tio, ne apenaŭ
Malpli la nigra homo kiu

Mordŝiris mian belan ruĝan koron en du.
Mi aĝis dek kiam oni enterigis vin.
Je dudek mi provis morti
Kaj veni reen, reen, reen al vi.
Mi pensis ke eĉ ostoj taŭgus plu.

Sed oni tiris min el la sako,
Kaj rekunmetis min per glu'.
Kaj tiam sciis mi kion fari nun.
Mi kreis modelon de vi,
Homon en nigro, *Meinkampf*-mienan, kun

Pasio pri mezepoka tortur'.
Kaj mi konsentis pri nupt', pri nupt'.
Do, paĉjo, ne eltenos mi plu.
La signalo ĉe la nigra telefon' estas nul,
La voĉoj ne trarampas nun.

Se mortigis mi unu homon, mortigis mi du.
La vampiron kiu nomis sin vi dum

Li suĉis mian sangon unu jaron,
Sep jarojn, se vi volas scii.
Paĉjo, vi rajtas ripozi nun.

Staras paliso en via nigra, korpulenta kor'.
Kaj la vilaĝanoj neniam ŝatis vin.
Ili dancas kaj tretas sur vin.
Ili ĉiam *sciis* ke temas pri vi.
Paĉjo, paĉjo, bastardo, ne plu.

Poemoj

de Antonia Pozzi
(el la itala tradukis Manuela Ronco)[1]

Antonia Pozzi (1912-1938) estis itala poeto, nun konsiderata kiel unu el la plej originalaj voĉoj de la moderna itala literaturo. Ŝi vivis mallonge, mortigis sin je la aĝo de 26 jaroj. Ŝi verkis ĉirkaŭ 300 poemojn, kiuj publikiĝis ĉiuj post ŝia morto, unue en versio reviziita (cenzurita) de la patro. Kvankam Pozzi ne akiris rekonon dum sia vivo, ŝiaj poemoj poste estis publikigitaj multajn fojojn en Italio, kaj tradukitaj al pluraj lingvoj.

Antonia Pozzi.
Fonto: Vikipedio

Sur la bordo de la viv'

Revenas mi per la kutima vojo,
je la sama horo,
sub vintra ĉielo senhirunda,
ĉielo ora ankoraŭ senstela.
Pezas sur la palpebroj la ombro
kiel longa mano vualita
kaj la paŝoj en malrapida neglekto malfruiĝas,
tiom konata estas la vojo
kaj dezerta
kaj silenta.
Elsprintas du infanoj
el malluma pasejo
svingante la brakojn:

---

1   La traduko de "Sur la bordo de la viv'" ricevis unuan premion en la 6-a tradukkonkurso Lucija Borčić de Kroata Esperantista Unuiĝo en 2022.

la ombro eksaltas
striita el trema flugo
de helaj paperserpentoj.
Krias la sonoriloj,
ili ĉiuj krias
pro subita vekiĝo,
krias pro mistera miro,
kiel post dia anonco:
la animo malfermiĝas
kun la pupiloj
en viv-impeto.
Haltas la infanoj
kun la manoj kunigitaj
kaj mi haltas
por ne treti
la palajn paperserpentojn
forlasitajn meze de la vojo.
Staras la infanoj kantante
per malforta voĉo
la altan sonorilan kanton: kaj mi staras
pensante min senmova ĉi-vespere
sur la bordo de la viv'
kiel aro da junkoj
kiu tremas
apud akvo iranta.

Dormo

Ho vivo,
kial
vojaĝe vi min portas
daŭre,
kial
mian pezan dormon
vi trenas?
Mi scias
ke la plej puraj fontanoj
tra la tuta tero disfalante
ne redonos
al la aĉigita neĝo
blankecon.
Eĉ ne la tagiĝo
per laca sorĉo
denove florigos
inter nigraj domoj
la mortintajn mimozojn.
Sed sola
je nokta frosto
tremos
la floristino
ĉe la vana sindonemo
de la fontano.
Ho vivo,
kial
ne pezas sur vi
ĉi tiu mia malespera
dormo?

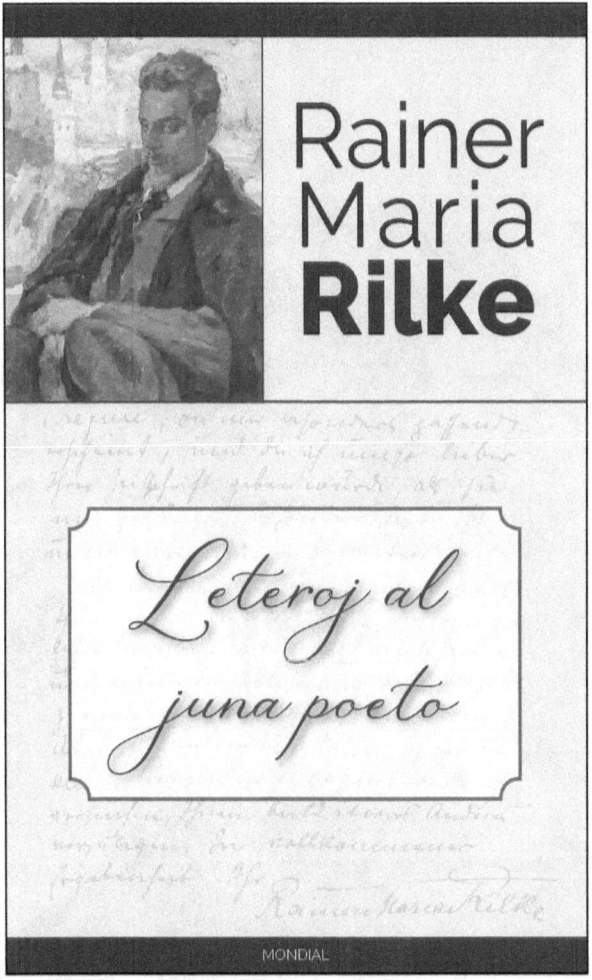

LETERO

Memorinda citaĵo pri nia afero

de Geoffrey Sutton

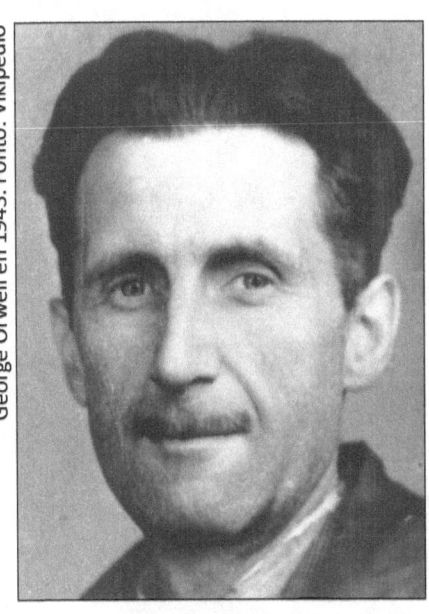

George Orwell en 1943. Fonto: Vikipedio

Oni tro ofte renkontas la aserton – ĉu pro nescio, ĉu pro malico – ke esperantistoj celas per Esperanto anstataŭigi aliajn lingvojn. Do jen uzebla citaĵo de la tutmonde konata verkisto George Orwell (1903-1950), aŭtoro de *Mil naŭcent okdek kvar* kaj *La bestofarmo*:

"...multaj homoj imagas, ke la rekomendantoj de internacia lingvo celas subpremi la naturajn lingvojn, afero, kiun neniu iam serioze sugestis."

Tiu komento aperis en la revuo *Tribune*, la 28an de januaro 1944, kaj krome en la plena kolekto de liaj verkoj.

Por povi utiligi tion jen la originala teksto kaj bibliografiaj detaloj:

"...many people imagine that the advocates of an international language aim at suppressing the natural languages, a thing no one has ever seriously suggested." (George Orwell [1970; red. Sonia Orwell kaj Ian Angus]: *The Collected Essays, Journalism and Letters of George Orwell*. Vol. III. *As I Please 1943–1945*. Harmondsworth: Penguin; p. 108).

Postkoloniismo

La pasinteco estas historio kaj postulas niajn esploradon kaj kompre-
non. La "nuntempa imperiisma kuntrafiĝo" estas unuflanka kaj tial
postulas serĉon de paradigmo bazita sur reciprokeco. Kiel eblas, ke
landoj kiel Britio, Francio kaj Usono, ĉiu kun profundaj tradicioj de
liberalaj idealoj, estus povintaj okupiĝi pri sklaveco kaj imperiisma
submetado? Kiel okazis, ke eŭropaj kulturoj supozis, ke ili havas la raj-
ton altrudi sian kulturon eksterlande?

En la jaro 1919 la Traktato de Versajlo redistribuis la mallonge
ekzistintajn germanajn koloniojn, sed la kresko de faŝismo kaj naci-
ismo estis reekbruligonta la imperi-avidon de Mussolini en Italio kaj
Hitler en Germanio. En Hispanio Franco esperis plivastigi siajn nord-
-afrikajn posedaĵojn kun ilia helpo, kaj, nekredeble, eĉ la pola registaro
fantaziis pri akiro de sia ero de Afriko.

Kiam jam finiĝis la dua mondmilito, ŝajnis, ke la epoko de "forma-
laj imperioj" atingis sian finan fazon. La sovetianoj kaj usonanoj taksis
ĉiu siamaniere la "influ-sferon" de la alia. Ekaperis la fenomenoj ligi-
taj kun postkoloniismo kaj novkoloniismo. Tamen, dum la liberecon el
kolonia regado oni povas simple difini kiel retraton fare de la imperia
potenco, tio ne konsideras alispecajn dependecojn, ĉar "imperiismo,…,
postrestadas tie, kie ĝi ĉiam troviĝis, en speco de ĝenerala kultursfero
samkiel en specifaj politikaj, ideologiaj, ekonomiaj kaj sociaj praktikoj"
(Said 1993, p. 8). Aijaz Ahmad krome atentigas pri eventuala lokiĝo de
la reganta klaso ekster la iama kolonio (1992, p. 204).

Dum kultura dependeco tipe daŭras post formala politika sende-
pendeco, la kampo lingva kaj kultura grave rolas krome kiel okazejo de
rezistado. Tiu ĉi tamen ofte estas dividita pro kulturaj kontraŭdiroj kaj
tial malfortigita, "foje laŭ linioj klasaj, sed ankaŭ laŭ formoj transklasaj,
kiel en la kazo de patriarkaj kultur-aranĝoj aŭ la religiaj modeloj de
socia rajtigo – tiel ke la tuton de indiĝena kulturo oni apenaŭ povas

postulati kiel unuecan, travideblan sidejon de kontraŭimperiisma rezistado" (Ahmad 1992, p. 8).

Kiel montras Gauri Viswanathan, edukado en la kolonioj estis okuponta duoblan rolon, tiun de socia rego kaj tiun de socia progreso. Ŝi nomas tiun duoblecon en Hindio "la plej granda paradokso de la brita potenco", "ideologia spaco", kie sin trovis la koloniaj regatoj (2015, p. 165). Tamen, ĝi estas socia kontraŭdiro plu reganta dum la postkolonia epoko. Daŭras dividoj lingvaj kaj sociaj kiel malfortejoj, kien eksterteritoriaj potencoj injektas sian influon.

Naskiĝas postkoloniaj studoj

La postkoloniismo proponas la reciprokan transformon de kaj la koloniito kaj la koloniinto – "projekto por utopia intercivilizacia alianco kontraŭ prosistema suferado", kiel tion vortumis Leela Gandhi (1998, p. 140). Tia bonefika rezulto, tamen, atingeblus sole per politikaj kaj/ aŭ kulturaj rimedoj.

Dum la 1980aj jaroj la verko de Gayatri Spivak "Can the subaltern speak?" (Ĉu la subalternulo povas paroli?, 1988) estigis projekton studi tion, kion Ranajit Guha nomas "la ĝenerala sinteno de subordiĝo en la socio sud-azia, ĉu tio esprimiĝas per klaso, kasto, aĝo, sekso kaj ofico aŭ alimaniere" (1982, p. vii) – alivorte, la implicoj de imperiismo, transnaciismo kaj tutmondigo. Du tujaj problemoj, kiuj alfrontis la projekton, estis difini tiujn, kiuj estas la "subalternuloj" (dependuloj devigataj obei), "indiĝenaj informantoj" aŭ "aŭtoktonoj" (praloĝantoj) kaj trovi manieron ebligi al ili esprimi siajn ideojn aŭtente. (La termino "subalternulo" originas ĉe Antonio Gramsci.)

Gandhi dediĉis sin al la tasko "ekkompreni la sencon de – aŭ, vere, preni sencon el – tiu kampo" (1998, p. 3). Ŝi esploras la novan fakon de postkoloniismo en sia verko *Postcolonial Theory* (Postkoloniisma teorio) – "luktado por kultura aŭtonomio disde Eŭropo" (1998, p. 19). (La senstreketa termino "postkoloniismo" estas preferata rilate la teorion "pro tio, ke la postkoloniajn kondiĉojn inaŭguras la ekapero pli ĝuste ol la fino de la kolonia okupado... [kaj] ke ĝi estas pli sentema rilate la longan historion de koloniaj konsekvencoj" (1998, p. 3). Tiu disdueco *postkoloniismo ~ post-koloniismo* levas la demandon: Kiel ni difinu la tiel postulatatan staton, kiu leviĝus post la malakcepto de la konsekvencoj de koloniismo kaj post-koloniismo?

Dum la stato de kolonieco estas, laŭdifine, situacio de subiĝo kaj dependeco, la procedo de malkoloniado kaj ties sekvo, tio, kio nomiĝas "postkolonieco" – Spivak nomas ĝin "la nuntempa globa stato" (1999, p. 172) kaj Homi Bhabha la "hegemonia "normaleco"" (1994, p. 245) – ĵetas lumon sur demandojn pri emancipiĝo.

Cele al analizmaniero, Bhabha vidas "la postkolonian perspektivon" kiel provon "revizii tiujn naciismajn aŭ "indiĝenismajn" pedagogiojn, kiuj starigas la rilaton inter la Tria Mondo kaj Unua Mondo en duera strukturo de kontraŭstaro. La postkolonia perspektivo rezistas la provon pri tutecaj formoj de socia klarigado" (1994, p. 248).

La postkoloniecon Gandhi skizas "en ekzistantaj limigoj de stato, kies "homeco" estas fondita sur la nehoma patologio de rasismo kaj perforto" (1998, p. 22). Sekve la logiko de dialektiko postulas serĉon de la malo de tiu mensostato. La bezonon por tiu kontraŭmeto plu akcentas la evidenta hipokriteco de la *mission civilisatrice* aŭ *civilising mission* (civiliza misio) de la koloniismo, kiun kontraŭis kaj eŭropanoj kaj la koloniitoj eĉ jam antaŭ la kolapso de la formalaj ŝtataj imperioj. Plie, la fako postkoloniismo eventuale montriĝos aplikinda ankaŭ al tutmonda socio ĝenerale, eĉ trans tio, kion Ashis Nandy nomas "la reciproka servuto" inter koloniinto kaj koloniito (2009, p. 40).

Bhabha skribas, ke la analizo de koloniisma malindividuigo "ne sole aliproprigas la ideon de la Klerismo pri "la Homo", sed kontestas la travideblecon de socia realo, kiel antaŭdonita figuro de homa scio", "kaj ankoraŭ pli profunde perturbita estas la socia kaj psika reprezentado de la homa subjekto. Ĉar la ĝusta naturo de la homaro fremdiĝas en la koloniisma kondiĉo" (1994, p. 50).

Tamen, ni devus do ne kredi, ke "la koloniisma kondiĉo" nun estas kondiĉo nur postkolonia, ĉar ĝi pli ĝenerale konsistas el subordiga diferenco diktita de la socia sistemo. Ĝi estas trovata kiel realaĵo, kiel fonto de aliproprigo (alienado), tra la tuta terglobo, ĉu temas pri socio evoluanta aŭ evoluinta.

Ahmad tamen protestas, ke "ni parolu ne tiel multe pri koloniismo kaj postkoloniismo sed pri kapitalisma moderneco, kiu alprenas al si la koloniisman formon en difinitaj lokoj kaj en difinitaj tempoj" (1995, p. 7). Partha Chatterjee konsentas, ke "jam depost la Epoko de Klerismo, la Racio en sia universaliga misio parazitas multe malpli altspiritan, multe pli banalan, palpeble materialan kaj aparte insidan forton, nome la universalisman impulson de la kapitalo" (1993, p. 168).

Ekaperintaj postkoloniaj naciŝtatoj ofte estis "iluziiĝintaj kaj nesuk-cesaj en siaj provoj malkonfesi la ŝarĝojn de sia kolonia heredaĵo" (Gandhi 1998, p. 4). La nocio, ke aperus "nova homo" post la tago de sendependeco, estis fantazio. "La perversan longvivecon de la koloni-itoj nutras, parte, persistaj koloniaj hierarkioj de scio kaj valoro, kiuj fortigas tion, kion Edward Said nomas la "terura duarangeco" de iuj popoloj kaj kulturoj" (Gandhi 1998, p. 7; Said 1989, p. 207).

La ĉion trapenetranta etendo de "tutmondigo" estas tia, ke ĝi severe defias aŭtentecon. "En tempo kiam la mondo daŭre ŝrumpadas kaj ligiĝas fare de transnacia kapitalo kaj plurnaciaj korporacioj, ... kiam la ideo de stabila hejmo estas malfacile kaptebla koncepto, serĉo de indiĝena aŭ vulgara heredaĵo eventuale estas vana aŭ eĉ utopia peno. En tiaj cirkonstancoj ne ĉiam estas facile identigi aŭtentan indiĝenon" (Sugirtharajah 1999, p. 15). Eble ne tute serĉe, la "indiĝenaj informan-toj" plej malmulte tuŝitaj de eksternaciaj influoj troveblas en tiaj lokoj kiel la Usona Mez-Okcidento.

Notindas krome, ke "la kategorio de subalterneco, kiel la kategorio de ekzilo, funkcias malsame por virinoj" (Spivak 1999, p. 117). Krome valoras noti, ke ĉar la intelektula mondo metropola ne kapablas rekte interparoli kun "la subalternulo", esplorado eble inklinos al grado de negativeco pro subkuŝantaj socipsikologiaj kialoj, aparte rilate la feno-menon de "antaŭĉesigo".

Probal Dasgupta sugestas pridemandadon, "kiu fokusiĝas sur la decidon de la 'moderna' potenco okcidenta, dum ĝi eniradis en tiujn sociojn, konstrui koalicion kun la favorantoj (kiel la bramanoj) de indiĝenaj hegemonioj, kiuj jam praktikadis tion, kion ni eventuale nomu "enkomunuma aliigo" (2014). Spivak delegas al la malkonstru-ismo la taskon montri "la komplicecon inter indiĝena hegemonio kaj la memevidentaĵoj de la imperiismo" (1999, p. 37).

Dasgupta emfazas, ke malgraŭ la subordigo "troviĝis specio de alianco inter la kolonia potenco kaj la indiĝenaj sistemoj de hegemonio, kaj ke tiu alianco lasis la tradiciajn viktimojn en la manoj de tiuj hege-moniuloj. La novaj aranĝoj signifis, ke subalternuloj povus paroli kun la novaj koloniestroj sole helpe de traduka perado fare de la indiĝenaj hegemoniuloj.

"La kodigaj aranĝoj, kiujn starigis la imperioj, tiel havis kontraŭ--demokratian formon. La okcidenta koloniestro, per sia firmigo de la potenco de la indiĝena kultur-elito (invitante ĝin paroli por la tuta socio), sufokis la voĉon de tiuj superregatoj de tiu elito, kaj finis iliajn pli fruajn luktojn kontraŭ ĝia hegemonio. Pro ideologiaj kialoj interne de Britio kaj Francio, kolonia potenco kapablis diskonigi tiun entreprenon kiel alporton de moderna, liberala, demokratia regado al tiuj malkleraj senpiuloj eĉ dum ĝi sin okupadis pri retroĝustigo de la horloĝo je pluraj jarcentoj" (Dasgupta 2014).

La koloniado havis daŭrajn sekvojn ekonomiajn, politikajn kaj kulturajn longe post formala sendependiĝo (Memmi 1968; Said 1993). Verkistoj nature spekulativas, ĉu ne estas novaj manieroj vivi kaj pensi. Tamen troviĝas malmultaj atestaĵoj pri la "nova humaneco" proponita de Frantz Fanon, kiu sekve de la koloniisma konflikto "ne povas alie fari ol difini novan humanismon kaj por si mem kaj por aliaj" (1965, p. 198). Aŭ eventuale ĝi ja troviĝas, ankoraŭ ne eltrovita sub la vepro de la konsumismo?

Patrick Taylor kritikas Fanon pro kreo de "mito: li estas pli ĝuste artisto ol politika sciencisto", ĉar la antaŭkolonia socio estis malferma (1989, p. 8). Tamen, scienca klarigado ne neas la potencon de arto krei. Ambaŭ estas bezonataj por nia kompreno. Pro tio la postkoloniismo kuntrenas evoluigon de politikaj padoj, celante produkti, kiel Gandhi ĝin vortumas, "utopian manifeston por postkolonia etiko, dediĉitan al la tasko imagi intercivilizacian aliancon kontraŭ suferado kaj subpremado ensistemaj" (1998, p. 125). Politiko, kiu en la vortoj de Fanon "postulas novajn eltrovojn", ĉar "se ni deziras, ke homeco ankoraŭ antaŭenpaŝu, se ni deziras altigi ĝin al alia nivelo ol tia, kia Eŭropo elmontris ĝin, ni do devas inventi kaj ni devas eltrovi" (1965, p. 252, 254).

"Kiu diskoniĝas en kaj kiel historio?"

Gandhi atentigas, ke "diversaj komentistoj pri la postkoloniismo argumentis, ke "historio" estas la diskurso, per kiu la Okcidento trudis sian hegemonion… Okcidenta filozofio, almenaŭ depost Hegelo, uzadis la kategorion "historio" pli aŭ malpli samsence kun "civilizacio"." Sekve, la fako postkoloniismo celas "fragmentigi tiun rakonton kaj interpoli en ĝin la voĉojn de ĉiuj tiuj neraportitaj "aliuloj", kiuj estas silentigitaj aŭ malsovaĝigitaj" (1998, p. 170–1).

Gandhi starigas la decidigajn demandojn: "Kiu diskoniĝas en kaj kiel historio? – aŭ – Kiuj estas tiuj grupoj, pri kiuj la "kolonia" historio nenion scias?" Aliloke la postkoloniismo nomadas tiujn "marĝenaĵoj". Tamen, tio venas kun la averto, ke "postkolonia historiografio paradokse riskas reunuigi la diversecon kaj aliecon de la koloniigita mondo sub la signon kaj sceptron de Eŭropo – trudante ĉiujn portempaĵoj kaj kulturon en vortligitan rilaton kun la koloniismo" (1998, p. 171–

En tio ĉi ni trovas la defion kaj eventualan vojmapon al solvado demando tamen restas, ĉu la fako postkoloniismo estas sufiĉe fort por identigi kaj eviti misirigojn, elturniĝojn kaj antaŭĉesigojn favo la fortoj de novkoloniismo.

Spivak pruntis la terminon *forclusion* "antaŭĉesigo" el la psik lizo de Lacan. Ĝi estas psika defendo, priskribita jene: "la egoo malakceptas la neakordigeblan ideon kune kun la afekcio", kaj tiel la egoo povas konduti kvazaŭ la ideo entute neniam okazis. Ĝi daŭre servas kiel sukcesa defendo de "la civiliza misio" (1999, p. 4–5).

Dum la klerularo povas suferi de antaŭjuĝoj samkiel iu ajn alia sekcio de la socio, la fenomeno de "sankciita nescio" persistos en sekcioj de la intelektula mondo. Restas la defio malkovri "marĝenaĵon" kapablan promesi pli "universalan" estontecon kaj respekti la diferencon.

Ĉu la subalternulo povas paroli?

Spivak argumentas, ke "la imperiisma projekto komplikas la laŭfazan evoluigon de la subalternulo", kaj tion devas alfronti la subfako-kolektivo "Subalternulaj Studoj". "Ili *devas* demandi," ŝi insistas, "Ĉu la subalternulo povas paroli?" Tio, ŝi daŭrigas, estas la problemo traktata de Said en sia "Permission to Narrate" (Permeso rakonti, 1984). Spivak poste citas el Ranajit Guha (1982), la fondinto-redaktoro de la kolektivo: "La historiografion de barata naciismo jam delonge regas elitismo – koloniista elitismo kaj burĝa-naciisma elitismo… kunhav[antaj] la antaŭjuĝon, ke la estigo de la barata nacio kaj la evoluigo de konscio – naciismo – kiu konfirmis tiun procedon, estis ekskluzive aŭ grandparte elitaj atingoj" (Spivak 1999, p. 270–2).

Subalternaj klasoj estas ĉie difinitaj kiel la "malsuperuloj". En tiu kunteksto ili neeviteble ne parolas la anglan aŭ la francan, tiel malfaciligante esploradon fare de la intelektula mondo metropola, tamen "la unueco sentata de la subalternaj grupoj mem estos tiel tutmonda, ke ĝi transpasas klasecon kaj ŝtatanecon". Ili tipe parolas pri si mem sendistinge kiel la "ordinara popolo" aŭ la "laboranta malriĉularo" (Hobsbawm 1972, p. 10).

civiliza misio, kiu iĝis la "moderna" ideologia figuro. Ĝi "havis kiel sian aksiomon la kredon: hodiaŭaj Azio kaj Afriko, tia estis la hieraŭa Okcidento, kaj tia, kia la hodiaŭa Okcidento, tiaj estos la morgaŭaj Azio kaj Afriko." Tio, argumentas Nandy, "certigis la pluvivadon de koloniismo, kiu postvivas la morton de koloniismo. Tutaj socioj jam refasonis sian estontecon laŭ la hodiaŭa stato de iliaj antaŭaj regantoj. Tio estas speco de forrabo de iliaj estontecoj. ... Bone edukitaj, modernaj baratanoj kaj ĉinoj, se ili bone kondutis, atendas iri en Londonon kaj Nov--Jorkon post la morto" (2009, p. 118–19).

Gandhi skribas, ke "la pozicion de novkoloniismo konservas transnaciaj korporacioj kaj la internacia labordividado, kiu ligas unuamondan kapitalon al triamondaj labormerkatoj" (1998, p. 175). Neeviteble tio estas kritiko levita de marksistoj, kiuj identigas mankon de metodologia strukturo kaj de deziro ĉion konsideri.

La "dividita kampo de deknaŭa-jarcenta teritoria imperiismo" estas nek abolita nek transformita, sed pli ĝuste resurskribita kiel la nuntempa internacia labordivido. "Avantaĝe al konservado de la cirkulado kaj kreskado de industria kapitalo (kaj de la akompana tasko de administrado ene de deknaŭa-jarcenta imperiismo), oni evoluigis transporton, juron kaj normigitajn eduksistemojn" (Spivak 1999, p. 274–5). Tiu subtenado kaj normigado okazas "nature" en la lingvo heredita de deknaŭa-jarcenta imperiismo – malegaleco "kiel normo", senscia pri alternativo.

Hegelo nomis la fenomenon de superrego kaj dependeco la rilato mastro–sklavo. La difino, kiun la sklavo uzas pri si mem, estas ekstere determinita de la mastro. La propozicio estas, "ke homoj akiras identecon aŭ memkonscion nur per la agnosko fare de aliuloj (vidu Hegelon 1910, vol. 1, p. 175–88)" (Gandhi 1998, p. 16).

Bhabha, kiu serĉas la situon de la kulturo, observas, ke "En la postkoloniisma tekstaro la problemo de identeco revenas kiel persista demandado pri la framo, la spaco de reprezentado, kie la imagbildo – malaperinto, nevidebla, orienta stereotipo – estas konfrontata de sia diferenco, sia Aliulo" (1994, p. 66). Gandhi observas, ke tio postulas "historian veron – ke la principo de agnosko estu kaj reciproka kaj universala", sed ŝi agnoskas, ke "La aparte homa historio de servuteco, aŭ historia subordigado de unu memo sub alia, kontraŭdiras la atendon de Hegelo pri reciprokeco" (1998, p. 16). Bhabha opinias, ke "En tiaj cirkonstancoj de socia kaj diskursa alienado ne troviĝas agnosko de mastro kaj sklavo, troviĝas sole la afero de la sklavigita mastro, la sen-mastrigita sklavo" (1994, p. 187). Vere, sed kial do, oni devas demandi, la fako postkoloniismo mem, tiel konscia pri la dependa interrilato, luktadas imagi, des malpli espliri aŭ malkovri, eltiriĝon el la agnoskita stato de subordigo fare de "la loga rakonto pri potenco"?

La intertuŝiĝo de scio kaj potenco estas viva kaj bonfarta. Bhabha parolas pri "La transgloba ligo inter la kolonio kaj la metropolo, tiel centra por la ideologio de imperiismo" (1994, p. 304). Studantoj de la postkoloniismo tre interesiĝas pri tio, kion oni kutimas nomi "marĝenaj studoj", tamen, marĝeneco estas subjektiva kategoriigo. Malgraŭ la sinceraj provoj de la fako "pensi alimaniere", ĝi ne ĉiam aplikas la dialektikon por imagi kiel povus aspekti la malo kaj por ekzameni la pli forajn areojn de sia favorata kampo de "marĝeneco". Plie, ĉar tiu "marĝeneco" mem jam akiris preskaŭ la statuson de fako en la angla--usona intelektula mondo post la pionira verko *Orientalism* (Orientismo, 1978) de Said, tio starigas la demandon, kioman limigon de ĝia sagaco eventuale kaŭzis ĝia naskiĝo en aparte tiun ekonomian, socian kaj lingvo-limigitan medion. Se oni eventuale ne povus akuzi la fakon pro etnocentrismo, ĉu eble do pro "etnismo"? Ĉu eblas remuldi la kolonian rakonton? (Gandhi 1998, p. 65; Ahmad 1992, p. 185).

Trakti tutmondigon kaj hegemonion – morala persvadado

Studantoj de postkoloniismo ĝenerale opinias, ke la postkolonia situacio estas transira stato survoje al alia realeco. Neeviteble, la fako ektraktis la fenomenon de tutmondigo (globalizado). Kwame Appiah atentigas, ke ĝi estas termino, kiu iam rilatis al strategio merkatada, poste indikis makroekonomian tezon, kaj nun ŝajne povas ampleksi ĉion, kaj nenion (2006, p. xiii). Ideale, se la tutmondigo ne simple estas "McDonald-igado", la fenomeno devus produktadi "pli vastajn internaciajn solidarecojn", "etike kaj politike kleran komunumon tutmondan" (Gandhi 1998, p. 123).

Ĉu la tutmondigo daŭrigas koloniisman hegemonion? Said difinas sian uzon de la vorto "hegemonio" – neeviteble kiam li aludas al la hodiaŭa Usono – jene: sistemo de premoj kaj bridoj, per kiu la tuta kultura korpuso konservas sian esencan imperiisman identecon kaj sian direkton" (1993, p. 394). Gandhi nomas ĝin "la militisma usona purigado de la ne-usona mondo" (1998, p. 129). Ĉu tio do estas nia kompreno pri tio, kio estas internacia, aŭ ĉu ĉiuj nacioj povas ludi reciproke proporcian rolon en la vivo de la tutmonda komunumo sen tio, ke la sistemo asignu al ili subordan rolon lingvan kaj kulturan? La fundamenta demando estas ne ĉu oni konsentas aŭ malkonsentas kun valoroj de iu ludanto, sed ĉu eblas krei ebenan ludejon, ne okupitan de potencrilatoj, kie valoroj povu juste elmontri ĉiu sian esencan indon.

Gramsci, skribante pri la rilato inter potenco kaj kulturo en sia verko *Quaderni del carcere* (Karceraj notlibroj), atentigis, ke "kultura superregado funkcias per konsento kaj povas antaŭi (kaj ofte ja antaŭas) konkeron perfortan" (Viswanathan 2015, p. 1–2). Potenco, funkcianta samtempe sur du klare distingeblaj niveloj, produktas situacion, kie, skribas Gramsci, "la supereco de socia grupo manifestiĝas dumaniere, kiel "superregado" kaj kiel "intelekta kaj morala gvidado"… Ŝajnas klare … ke povas troviĝi, kaj ja devas troviĝi, hegemonia agado eĉ antaŭ la potenciĝo, kaj ke oni ne kalkulu sole je la materia forto, kiun donas la potenco, por efektivigi gvidadon." Tio sonas iom kiel lia samlandano Makiavelo!

Viswanathan daŭrigas: "La graveco de morala kaj intelekta persvadado en aferoj de regado estas rapide koncedita pro teoriaj motivoj kiel implicita taktika manovro en la firmigado de potenco. Troviĝas preskaŭ banala interkonsentita opinio en la kulturkritiko post-Arnolda [Matthew Arnold, 1822–88], ke la epoko de ideologio komenciĝas, kiam perforto cedas al ideoj. Sed la preciza maniero kaj procedo, per kiuj kulturo superregado certiĝas, estas malpli malferma al ekzamenado. La ĝenerala alirmaniero estas trakti "ideologion" kiel formon de maskado, kaj rezulte la permeso donita al spekulativa analizado foje estas sufiĉe granda por ĉesigi, almenaŭ portempe, la serĉon de efektivaj intencoj."

Kiel komentas Viswanathan: "la atestaĵoj ofte sufiĉe klare sugestas, ke la nocio de Gramsci estas ne sole teoriaĵo, sed maltrankvilige preciza priskribo de historia procezo, depende de la kapricoj de apartaj cirkonstancoj." Viswanathan nature atentigas pri Brita Hindio, kie "memvola kultura asimiliĝo estas la plej efika speco de politika agado. La politikajn elekteblecojn malvarmige detalas J. Farish en protokolero aperigita en la Bombaja Prezidejo: "La indiĝenoj devas aŭ esti suprematoj per senso de nia potenco, aŭ ili devas memvole subiĝi pro konvinko, ke ni estas pli saĝaj, pli justaj, pli humanaj, kaj pli volonte plibonigas ilian kondiĉon ol iuj aliaj regantoj" (Viswanathan 2015, p. 2; p. 172, piednoto 2).

La mola potenco de logado – okupi la menson

Nandy rakontas kiel li akrigis siajn ideojn kaj interpretojn per debatado kun ses intelektuloj – Aimé Césaire, Albert Memmi, Amilcar Cabral, Léopold Senghor, Frantz Fanon kaj Jean-Paul Sartre. Li scivolas, kiel "tiom da franclingvaj intelektuloj kun Afriko en la sango eskapis tra la krado de la koloniisma edukado", ĉar ili ekagnoskis, ke "la koloniismon produktis kaj stiris homoj kaj mensostatoj aldone al institucioj" (2009, p. 116).

La dusenca kaj simbioza rilato inter la kolonianto kaj la koloniato estas signifa faktoro, almenaŭ ĉar ĝi determinas la bazon de estonta agado. Tiu rilato estas longe for disde simpla dependado inter subpremato kaj subpremato. La potenco estas alloga, aparte kiam ĝi estas kunhavata aŭ prezentas sin en ekskoloniismo aŭ alie malegala situacio "kiel la senpartia liveranto de kultura klerigo kaj reformo" (Gandhi 1998, p. 14). Tiel, sur la nivelo de la unuopulo, "mola" potenco maksimume efikas, "uzata kaj praktikata per retsimila organizado" (Foucault 1980, p. 98) – deloganta, subordiganta, reganta. Foucault observas: la potenco ne havas eksteraĵon – ĝi estas ĉiea.

Jam en la jaro 1943 Winston Churchill, parolanta en la Universitato de Harvard, Usono, klare perceptis, ke "La imperioj en la estonteco estos la imperioj de la menso".

Dum "potenco" en la kunteksto de kolonianto kaj koloniato komence estis simpla afero de fizika superforto por komerci kaj poste konkeri, la insida dorsflanko de la potenco – ĝia okupado de mensoj kaj kulturoj – kapablis daŭri tra formala sendependeco de kolonioj kaj transen – "la daŭra sukceso de la imperiisma projekto, elmontrata kaj disvastigata en formoj pli modernaj" (Spivak 1999, p. 114).

"Kvankam la unua, bandita agmaniero de koloniismo estis pli perforta, ĝi estis ankaŭ ... travidebla pro siaj memprofitemo, avido kaj rabemo. Kontraste, kaj iom pli konfuze, la duan agmanieron pioniris raciistoj, modernistoj kaj liberaluloj, kiuj argumentis, ke imperiismo vere estas mesia antaŭvenanto de civilizacio por la necivilizita mondo" (Gandhi 1998, p. 15) – sekve la "civiliza misio".

ˌri la afrika sperto. La "plej ˌ
ˌiverso de la koloniito, la perˌ
ˌmoj perceptis sin mem kaj ˌ
ˌpolitika regado neniam povaˌ
ˌRegi la kulturon de popolo
ˌnterrilatado kun aliaj" (1986,
ˌj de potenco, ideologiaj fikcioj –
ˌe tro facile fareblaj, aplikeblaj kaj gar-

ˌ, kiuj serĉadas senkatenajn kaj kultursen-
ˌolemoj, tendencas alveni al "certaj komunaj
ˌgena kunteksto kiel la fonto de kultura valoro kaj
ˌia heredaĵo kiel la favorata pozicio, el kiu kritike kom-
ˌpajn formojn de imperiismo; kaj Okcidentaj prezentoj de
ˌeco kiel fortigoj de diversaj koloniismaj projektoj" (Sugirtha-
ˌ999, p. 15).

ˌlia aspekto de la potenco, pri kiu atentigas Said, estas, ke ĝi "ege
ˌtro facile produktas iluzion de bonfaremo, kiam efektivigata en impe-
ria kadro. Tamen ĝi estas retoriko, kies plej damninda karakterizo
estas tio, ke ĝi estis jam pli frue utiligata (fare de Hispanio kaj Portu-
galio) sed kun surdige ripetata ofteco en la moderna epoko, fare de
la britoj, la francoj, la belgoj, la japanoj, la rusoj, kaj nun la usonanoj"
(1994, p. xix).

Kaj Frantz Fanon, pri Alĝerio, kaj Mahatma Gandhi, pri Barato, fine
agnoskis, ke "la hipnotigita fiksrigardo de la sklavo sur la mastron kon-
damnis tiun figuron al duaranga ekzistado. En ĉi tio kuŝis la krea mal-
sukceso de liberiĝo malpli ol plena" (Gandhi 1998, p. 18–21). Pri la
efiko de tiu misformiĝo en la afrika kulturo, Ngũgĩ komentas, ke "Estas
preskaŭ kvazaŭ, elektinte verki en la gikuja lingvo, mi farus ion nenor-
malan. Sed la gikuja estas mia gepatra lingvo! La nuda fakto, ke tio, kion
diktas la ordinara prudento en la literatura praktiko de aliaj kulturoj
estas pridemandata ĉe afrika verkisto, estas mezuro de la amplekso,
ĝis kiu la imperiismo distordis la perspektivon de afrikaj realaĵoj. Ĝi
renversis la realon: la nenormalecon oni konsideras normala kaj la
normalecon oni konsideras nenormala" (1986, p. 27–8).

Literaturo kiel ideologio

...anathan direktas nin al la priskribo de Terry E...
...el oni transformis la studadon de literaturo en ilon de
enmetado de unuopuloj en la perceptajn kaj simbolajn f...
superreganta ideologia figuro": "Tio, kio fine estas je ris...
Eagleton, "estas ne literaturaj tekstoj sed Literaturo – la
signifo de tiu procedo, per kiu certaj historiaj tekstoj estas fo...
disde siaj sociaj formiĝoj, difinitaj kiel "literaturo", binditaj kaj
taj kune por konsistigi serion da "literaturaj tradicioj", kaj ekzar...
por liveri aron da ideologie antaŭsupozitaj reagoj" (Eagleton 19
57; Viswanathan 2015, p. 4).

Karl Mannheim priskribas ideologiojn kiel "tiujn interpretojn
situacioj, kiuj ne estas la rezulto el konkretaj spertoj, sed estas spec...
de tordita scio pri ili, kaj kiuj servas por kaŝi la realan situacion kaj
funkcii en la individuo kiel devigo. ... kion oni povas nomi nur obsedita
pensado" (1945, p. 89–90).

Said opinias, ke Viswanathan nerefuteble malkovris la politikajn
originojn de modernaj "anglaj studoj", ne en Anglio sed grandparte en
Barato, en la sistemo de kolonia edukado altrudita al indiĝenoj dum
la deknaŭa jarcento. Ŝia centra punkto estas tio, ke la sistemon oni
kreis cele al ideologia pacigo. Temis pri eduka ideologio, deveninta de
Macaulay kaj Bentinck, kun la imagbildo pri malegalaj rasoj kaj kultu-
roj, "bazita sur distingo inter la okcidentano kaj la indiĝeno tiel integra
kaj adaptebla, ke ĝi preskaŭ igas ŝanĝon malebla" (Said 1993, p. 48,
131–2).

Viswanathan skribas, ke "La enkonduko de angla literaturo signas
la forviŝon de malnobla historio de koloniista eksproprietigo, materia
ekspluatado, kaj klasa kaj rasa subpremado malantaŭ eŭropa mondre-
gado." La angla teksto do ne nur maskas ekonomian ekspluatadon, sed
ĝi estas kamuflita ilo de socia regado por kreskigi kaj konservi kolo-
niismon. "Fako, kiun oni origine enkondukis en Baraton unuavice por
komuniki la mekanikon de lingvo, do estis tiel transformita en ilon por
certigi laboremon, efikecon, fidindecon kaj obeemon fare de indiĝenaj
subuloj" (2015, p. 20, 93). Gandhi resumas la saman teksteron per pri-
skribo de angla literaturo en Barato kiel kaj opiaĵo por la amaso kaj
rajtigilo por la kolonia registaro pro la mekanismoj gvidigaj kaj doktri-
nigaj de ĝia teksteco (1998, p. 145).

La artikolo "On the Abolition of the English Department de la angla fako) en la Universitato de Najrobio defiis la elstan la angla literaturo en Kenjo. La centra demando, starigita de Ngũg liaj kolegoj en 1972, estis: "se trovigas bezono de "studado pri la h. toria kontinueco de unuopa kulturo", do kial tio ne povas esti afrika? Kial afrika literaturo ne povas esti en la centro, tiel ke ni povu vidi rilatojn inter ĝi kaj aliaj kulturoj?" (Ngũgĩ 1969, p. 89; Gandhi 1998, p. 146–7). Se per literaturo oni celas lumigi la spiriton de popolo, do ĝin devus reprezenti ĝia aŭtenta literaturo en ĝia propra lingvo. La anglan literaturon oni reloku al la marĝenoj de la afrika kulturo. En Barato Mahatma Gandhi jam protestis pri "la malutilo okazigita de tiu edu-kado ricevita tra fremda lingvo", kiu kreas breĉon inter la kleraj klasoj kaj la cetera popolo (*Collected Works* [Kolektitaj verkoj], vol. 14, *p.* 16).

Responde al tiuj vokoj venis riproĉoj de homoj, kiel ekzemple de Fanon, kiu havas malgraŭ tio klare meritplenan reputacion. Ili ripe-tadas "la jam eluzitan postkoloniisman maksimon, ke la renversita interbaraktado por kultura unuarangeco nur refortigas la malnovajn duopojn, kiuj certigis la sukceson de la koloniisma ideologio en la komenco" (Gandhi 1998, p. 147–8). Fanon, honorinde, provas antaŭ-vidi konkretan internaciisman aliron, sen kiu tia politiko riskas kon-sistigi la finvenkan huraon de la koloniisto – "lerni sakri en la lingvo de la mastro" estis la maksimumo, kiun povis fari nigraj sklavoj en suda Usono reage al sia situacio. Jam Ŝekspiro en sia dramo *La tempesto* esprimis per Kalibano tiun senton: "Vi instruis al mi lingvon; kaj mia profito el tio | Estas, ke mi scipovas sakri; ronĝu vin la ruĝa pesto, | Ĉar vi lernis al mi vian lingvon!" [La traduko de Kálmán Kalocsay kurioze ellasas la kernon de la afero (Shakespeare 1970, p. 24).]

Praktiko kontraŭ estetiko

Spivak difinas tion, kion oni kutime nomas "triamonda literaturo" kiel "verkojn en ofte indiferenta angla traduko aŭ verkoj skribitaj en la angla aŭ eŭropa lingvo en la antaŭ nelonge malkoloniigitaj areoj de la globo aŭ verkitaj de homoj de tiel nomata etna origino en unuamonda spaco." Tiumaniere "la socie avancanta marĝenulo, *pravigeble* serĉante validecon, povas helpi varigi marĝenecon", kaj foje "tendencas establiĝi ensistema duobla normo: unu normo de preparado kaj provado por nia specio kaj tute alia por la cetera mondo" (1999, p. 170).

demandas, kiom la ĝenro triamonda literaturo estas leĝ... homas ĝin "neebla kategorio kaj politike kaj epistemologie". ...a takso pri Frederic Jameson li konsideras, ke konstruado de ...orio pri la kogna estetiko de triamonda literaturo" apogas sin sur tio ke "subpremiĝas la signifa diferenco inter la progresintaj kapitalismaj landoj unuflanke kaj la koloniitaj figuroj aliflanke, same kiel ene de ambaŭ" (1992, p. 15, 95–). Kondamninte la "Triamondan Teorion" pro ĝiaj "simplaj politike dekstraj pozicioj – konvena alternativo al la klasika marksismo", ebliganta "plutenadon de la propraj akreditaĵoj", Ahmad observas, ke "Ja en la metropola lando, ĉiuokaze, literatura teksto unuafoje estas difinita kiel Triamonda teksto, enarkivigita kun aliaj tiaj tekstoj, kaj poste tutmonde redistribuata kun tiu aŭro alkroĉita. Utilas, do, klarigi la kategorion "Triamonda Literaturo", kiu ekaperas en metropolaj universitatoj nun kiel ioma kontraŭkanono kaj kiu, samkiel iu ajn kanono, sekvenda aŭ evoluanta – ne vere ekzistas ĝis sia fabrikado. Kio, ni povus demandi, estas la kondiĉoj, ene de kiuj tiu nova subfako de Literaturo, nome "Triamonda Teorio", estas kunmetita?" (1992, p. 44–6).

Gandhi notas la tendencon etendi eŭropajn kategoriojn preter koloniismajn signifojn, ekzemple kiam subfakojn kiel "literaturon de la Brita Regnaro" (Commonwealth Literature) aŭ "novajn literaturojn anglalingvajn", oni alinomas por maski ilin sub la nova, politike pli akceptebla etikedo "postkoloniisma literaturo" – "por simple enverŝi malnovan vinon en novajn felsakojn". Said opinias, ke tiaj eksteraĵaj aranĝoj kiel "Brita Regnaro" aŭ "monda literaturo" – se ili havas ajnan signifon – "feroce interagas" kun la naciisma bazo kaj indiferenta eŭropcentrismo de metropolaj okcidentaj literaturoj (1998, p. 175). Kontraste, Ahmad trovas, ke estas "minimume mirige, ke Said postulatas tiun kolonian kulturpostrestaĵon de la brita imperio kiel kredeblan alternativon al "la naciisma bazo"". Li konsideras la literaturon de la Brita Regnaro "kunmetaĵo preskaŭ tute de la Brita Konsilio (British Council) kaj limigita grandparte al ties klientoj, kiuj mem interpretas ĝin kiel renkontiĝejon por diskretaj "naciaj" tradicioj" (1992, p. 211).

Gandhi simile observas, ke "la kampon de postkoloniaj studoj signas kvante supera centrado de atento sur "postkoloniisman literaturon" – pridiskutatan kategorion, kiu aludas, iom arbitre, al "literaturoj en la angla", nome, al tiuj literaturoj, kiuj akompanas la avancon kaj malavancon de la brita imperio." La koloniisman intertrafon oni tiel ekzamenas kiel "tekstan konkurson, ... inter libroj subpremaj kaj sub-fosaj" (1998, p. 141).

Kurioze, Said alvokas la kenjan verkiston Ngũgĩ wa Thiong'o "por atentigi, ke tiu tutmonda cirkulado de la angla ebligas al ni "malkolo-niigi" niajn mensojn per studado en tiu sama lingvo, kiu estis uzata por koloniigi nin." Tio strange sonas kun la propraj eltrovoj de Said, ekzem-plataj en la Golfaj Ŝtatoj. Tie la angla estas transsendita "al nivelo de teknika lingvo preskaŭ tute senigita ne sole je karakterizoj esprimaj kaj estetikaj, sed krome senigita je iu ajn dimensio kritika aŭ memkonscia. Oni lernis la anglan por uzi komputilon, respondi al ordonoj, dissendi teleksaĵojn, malĉifri manifestojn kaj tiel plu. Tio estas ĉio!" (Said 1993, p. 369; Ahmad 1992, p. 211–3). La surprizo de Said pri tio vere estas iom kurioza, se oni memoras, ke estas registrita simila prefero por utilisma komunikado malfavore al kulturo jam en la jaro 1835 (Viswa-nathan 2015, p. xx, 43). Ahmad, komentante pri la civiliza misio laŭ Said, atentigas pri la bezono de Ngũgĩ malakcepti la anglan favore al sia indiĝena gikuja, "ĉar tiu bonvola rolo de la angla kiel vehiklo de klerigo kaj monda kulturo estas minimume troigita" (Ahmad 1992, p. 212), "kaŭzante miksajn sentojn: sub respekto al la plej forta kaj sub la deziro plene posedi la koncernan lingvon laŭeble bone, tre ofte trov-iĝas kaŝita envio, ĵaluzo kaj malamo" (Piron 1987, p. 572). Bhabha nomas la fenomenon "la *produktiva* dusenceco de la objekto de kolo-niisma diskurso – tiu "alieco", kiu estas samtempe objekto de dezirado kaj mokado" (1994, p. 96).

La kolonian aŭtoritaton subfosadis ĝuste ĝia dusenceco: "patro kaj subpremanto", "regato kaj insultato". "Tie", konkludas Bhabha, "ne povas esti iu dialektiko de mastro–sklavo, ĉar tie, kie la diskurso estas tiel disvastigita, neniam povas troviĝi la pasejo el traŭmato al trans-cendo? El alienado al aŭtoritato? Kaj koloniinto kaj koloniito estas en la procezo de miskognado, kie ĉiu punkto de identiĝo ĉiam estas parta kaj duobla ripeto de la *alieco* de la memo – demokrato kaj despoto, individuo kaj servanto, indiĝeno kaj infano" (1994, p. 138).

Oni troviĝas en senelirejo, ĉar la postkoloniismo restas difinita de koloniismo kaj ankoraŭ kaptita ene de la spirita restaĵo de la imperi-ismo longe post la fizika procedo de apartiĝo fare de sendependiĝo. Plie, kiel skribas Chatterjee, "La politika sukceso de naciismo per sia finofaro al la koloniisma regado ne signifas veran solvadon de la kon-traŭdiroj inter la problemaro kaj temaro de la naciisma pensado. Pli ĝuste, troviĝas devigita fermo de ebloj, "blokita dialektiko"; alivorte, falsa solvo, kiu portas la signojn de sia propra rompiĝemo" (1993, p. 169).

Liberigo postulas imagpovon, sed grandas la subsojla, miskognita rego fare de metropolaj institucioj kaj la loganta forto de financo.

Malhelpo al estetiko

Legantoj sin trovas alfrontataj de "la subkuŝanta figuro sur la grundo", de la stato de la amaskulturo mem – esence la sama realo, pri kiu plendis Said en la Golfaj Ŝtatoj. "La Arnolda problemaro pri kulturo kaj anarkio tie troviĝas en plena florado. Kiam tiuj "komunumoj" estas akuzeblaj pro sia manko de ĉio, kion la literaturaj recenzistoj plej alte taksas – klera intuicio, hermeneŭtiko, scihava legado – ili memkomprenable iĝas "laŭvorte blindaj", t.e. ili ignoras estetikon. Ahmad juĝas, ke tio ŝuldiĝas al tro proksima identiĝo kun la ŝtato. Li forte rekomendas al ni memori, "ke la plurnacia kapitalo vortumas precize la saman riproĉon kontraŭ suverenaj ŝtatoj de Azio kaj Afriko", kie libera movado de kapitalo kaj varoj estas malhelpata. La kultura prezo de malposedo de hermeneŭtiko, li konkludas, "estas ne nur tio, ke ili malsukcesas agnoski geniulon, kiam ili tian vidas... sed ke la literaturo, kiun ili mem produktas ene de tiuj landlimoj, tial restos porĉiame subnivela" (Ahmad 1992, p. 215–6).

Kial statas tiel, ke studentoj elektas ne studi la estetikon (aŭ la literaturajn artojn civilizajn)? Eventuale mankas al ili financaj rimedoj preter la teknikaĵoj, ili verŝajne malsukcesas identiĝi kun granda parto de la instruprogramo, ili verŝajne trovas la lingvon tro malfacila kaj tial postulanta tro longan studadon, kaj ili tre probable malsukcesas akcepti la supozon, eksplicite aŭ instinkte, ke tiaj studoj estas sekveblaj sole en kaj per la ekskolonia lingvo. Kiel tion vortumas Spivak: "Altnivela endoktrinigo en Columbia University, sed neniu supera edukado en Dako aŭ Delhio" (1999, p. 379).

Literatura hierarkio

Gandhi opinias, ke verkistoj de postkoloniismaj literaturoj starigas, kvankam neintence, implicitan lingvan hierarkion "inter imperiisma strukturo/lingvo/kulturo unuflanke kaj indiĝena procezo/praktiko/

sperto aliflanke" (1998, p. 175). Tion eltrovinte, ŝi plie kritikas Ashcroft k.a. Iliaj "decidaj distingoj inter imperieco kaj indiĝeneco estas klarigeblaj ankaŭ el vidpunkto de la Saussure-aj kategorioj de *parole*, aŭ efektiva parolo, kaj *langue*, aŭ la objektiva gramatiko de signoj, kiu dekomence ebligas la parolon. Per sia senatenta subsugestado pri la unuarangeco de eŭropa *langue* super la eblo de neeŭropa *parole*, tiuj kritikantoj ankoraŭfoje ripetas la tedan koloniisman supozon, ke necesas la Okcidento – en la formo de aŭ teorio aŭ historio – por venigi la "ceterajn" en kondiĉon de komprenebleco."

Tiuj kritikantoj traktas la postkoloniismon kiel breĉon en la historio, kiu estas ignorebla kiel portempa devojiĝo sur la marŝo de Okcidentigo. Tion ili opinias neevitebla, ĉar ĝin nutras kapitalo, pravigita per alvokoj al "supera" kulturo, veturanta sur la radoj de la koloniista lingvo. Ilia krio estas "Aliĝu al ni, ĉar alie vi restos bagatelaj, kaj nekompreneblaj al tiuj, kiuj [kio estas diri, *ni* – la interpretantoj de tiu argumento] prijuĝos vin" (Gandhi 1998, p. 176). Tiuj arogantaj sintenoj neeviteble influas la specon de triamonda literaturo, kiun oni eldonas kaj rekompencas internacie (Spivak 1999, p. 356, 362).

Ahmad konkludas, ke la centreco de la angla kuŝas nek en literaturo nek en "civiliza misio", sed "en la administraj kaj kapitalismaj entreprenoj de la plej potencaj imperioj pasintaj kaj nuntempaj, sekve kiel lingvo de regado ("obei ordonojn") kaj de komandado en tutmondaj retoj de telekomunikado, fluglinioj, administrado, transnaciaj korporacioj. La kompatinda studento, kiun Said tiel mokas, fakte elektas racie, en siaj cirkonstancoj, lernante la teknikan aspekton kaj ignorante la estetikan" (1992, p. 212–3).

Spivak kulpigas la konferencon de Bandungo de la jaro 1955 pro ĝia malsukceso trovi "trian vojon" responde al "la ŝajne Nova Monda Ordo starigita post la Dua Mondmilito, kiu ne estis akompanata de proporcia intelekta peno." "La solaj idiomoj", kiel ŝi tion esprimas, "disaranĝitaj por nutri tiun naskiĝantan trian mondon sur la kultura kampo, apartenis al pozicioj, kiuj eliris el rezistado ene de la supozita Malnovmonda Ordo, kontraŭimperiismo kaj/aŭ naciismo." Rezulte, "la premgrupo deziranta influi pri kulturo" estis "ankoraŭfoje senkonsila en la produktado de klera transnacia aganto". Spivak listigas la "idiomojn": "nacia origino, subnaciismo, naciismo, kultur-indiĝenismo aŭ relativismo, religio, kaj/aŭ – ŝike ĉe nordaj radikaluloj – hibridismo, postnaciismo" (Spivak 1999, p. 375).

Spivak krome avertas, ke "Estas pli facile paroli pri postnaciismo, kiam oni partoprenas en civila socio unuŝtata en la metropolo. Ekonomiaj priskriboj de evoluantaj landoj dependas de la historio de la nacio sur la geopolitika mapo. Preta kosmopolitismo povas esti alibio por geopolitiko" (1999, p. 419).

Provante alfronti la estontecon, ni trovas du rakontojn, kiel tion vortigas Gandhi (1998, p. 22): "Unue, la loganta rakonto de potenco", kaj due, "la kontraŭrakonto pri la koloniitoj – ĝentile, sed firme, malakceptante la logon de la koloniismo." Sed tio ne estas formulo por solvo. Anstataŭe ni alvenas al tio, kio ŝajnas esti vitra barilo kontraŭ pli profunda kompreno, certagrade farita el la heredita akcepto de establitaj, ensistemiĝintaj potencorilatoj.

Krizo en eŭropa konscio – agnosko per asimiliĝo

La etnocentrismo en la deksepa- kaj dekoka-jarcenta eŭropa konscio, kiun Derrida nomas simptomo de la ĝenerala krizo de la eŭropa konscio, estas – kiel notas Spivak – "eble la krizo mem". Ĝi eventuale estas priskribebla alie kiel manko de konscio ĉe unu fino de la socia spektro. Tamen, ĉe la alia fino ĝi falas ĝis absolutaj opinioj novimperiismaj, kvankam ili sin kaŝas sub aktuala socia akceptebleco.

Spivak priskribas la nuntempan socian situacion kiel "la malrapidan turniĝon el feŭdismo en kapitalismon pere de la unuaj ondoj de kapitalisma imperiismo" – la vojaĝo aŭ "vojplano de agnosko per asimilado de la Aliulo" – "feroca normiga favorismo de la plimulto de usona kaj okcident-eŭropa homscienca radikalismo (agnosko per asimilado) hodiaŭ, kaj elbaro de la marĝenoj de vortigado eĉ el la periferio de la centro" (1999, p. 281). Tiu procedo de eŭropcentrismo apenaŭ finiĝis. Nuntempe, tamen, ne temas tiel multe pri eŭropeco kiel pli koncentrite pri angla-usona ... grandparte "agnosko per asimilado", subtenata kaj subvenciata fare de "duarangaj" landoj, "tributaj ekonomioj de raciigita tutmonda financmerkata kapitalismo" (1999, p. 222–3, piednoto 42). (La "financmerkata kapitalismo" celas pliigon de ŝuldoj proporcie al neta kapitalo, tiel sekurigante dependecon.)

Misdiagnozo de la malsano

Gandhi opinias, ke la postkoloniismo "heredis tre specifan komprenon pri okcidenta superregado", nome ke ĝi estas "simptomo de malsana alianco inter potenco kaj scio". Oni diagnozas "la materiajn efikojn kaj implicojn de la koloniismo kiel epistemologian malsaneton kore de la okcidenta raciismo. Sekve, ĝi lernis suspekti, ke "universalismo" implicas "eŭropcentrismon" (1998, p. 25–6).

Aliflanke, turninte nin al Afriko, ni trovas tendencon inter la klerularo eskapi el hereditaj timoj malakceptiĝi per sinturno al abstrakta universalismo – kaj apenaŭ troviĝas honto en brakumo de la koncepto de "la universala homo". Tamen, Chinua Achebe kritikas tion kiel "forkuron de si mem", neon de la propra heredaĵo. Tiu zorgiga dilemo estas, reale, grandparte miskomprenо. Ĝi pluekzistas pro nescio pri troviĝo de elektebleco, kiu kapablas liberigi produktivajn fortojn el tia falsa duelementa elekto inter ekskoloniismo kaj tio, kion oni agnoskas kiel sian proprajon. Tiu nekonscio finfine estas profita por la novkoloniisma agoplano konservi la ekzistantan staton (Chinua Achebe, "Africa and her Writers" (Afriko kaj ĝiaj verkistoj) en *Morning Yet on Creation Day*, p. 27; Ngũgĩ 1986, p. 29).

Spivak skribas, ke ŝi kaj ŝiaj kunlernantoj, kreskintaj en la eduksistemo de Barato, lernis, ke "la nomo de la heroo de tiu filozofia sistemo [humanismo] estis la universala homo" – "se ni povus ekalproksimiĝi al internaciigo de tiu homo, tiuokaze ni povus homiĝi" (1990, p. 7; Gandhi 1998, p. 26–7).

Kvankam la temo de humanismo jam delonge estas pridiskutata, ni povus almenaŭ momente kontentigi nin per respondo de Michel Foucault – cetere severa kritikanto de la humanismo – ke ni devus ekzameni kaj laŭhistorie taksi "la kontingencon, kiu igis nin tio, kio ni estas". Gandhi skribas, ke "Estas sole per tiu procedo, ke ni eventuale povus liberigi la aliecon kaj diversecon de la homa ekzistado" (Foucault 1984, p. 46; Gandhi 1998, p. 31).

Evoluo de ekskolonia konscio

Analizinte la verkojn de koloniaj verkistoj, Fanon rimarkas tri malsamajn fazojn de evoluo. Unue, "la indiĝena intelektulo prezentas pruvon, ke li asimilis la kulturon de la okupinta potenco. Tio estas la periodo de nemodifita asimiliĝo... Dum la dua fazo ni trovas, ke la indiĝeno maltrankviliĝas; li decidas memori tion, kio li estas", sed, ne estante parto de la popolo, li havas "koncepton pri la mondo, kiu elformiĝis sub aliaj ĉieloj." La trian fazon Fanon nomas "la batalanta fazo", kiam la verkisto ŝanĝas sin en "vekanton de la popolo" (1965, p. 178–9). Ni povas kompari la analizon de Fanon kun tiu de Pascale Casanova, kiu distingas inter tiuj kosmopolitanoj, kiuj asimilas sin en la regantan mondan ordon, kaj tiuj, kiuj rezistas kaj ribelas kontraŭ ĝi (Casanova 2004, Tonkin 2018).

Tiu lasta estas la fazo, en kiu Ngũgĩ serĉas "novajn direktojn en lingvo, literaturo", alvokante "regeneran religon kun la milionoj da revoluciaj langoj en Afriko kaj la mondo". Tamen, samkiel la idealo de afrika unueco, kiu estiĝis el batalado kontraŭ koloniismo kaj ankoraŭ tenadas pasian subtenon, "forprenas sian maskon, kaj dispeciĝas en regionismojn ene de malplena ŝelo de la naciismo mem", oni devas demandi, kio povus pavimi la vojon al pli granda komprenado? (Fanon 1965, p. 128).

Por Ngũgĩ la reala lingvo de la homaro estas "la lingvo de luktado. Ĝi estas la universala lingvo kuŝanta sub ĉiuj paroloj kaj vortoj de nia historio" (1986, p. 108). Ngũgĩ skribas por ŝanĝi la mondon. Tamen, kiel avertas Fanon: "Oni neniam sukcesos igi la koloniismon ruĝiĝi pro honto per disvastigado de malmulte konataj kulturtrezoroj sub ĝiajn okulojn" (1965, p. 179–80).

La psikopatologio de la koloniismo – el dependado ĝis skizofrenio

Said rekonas moviĝon en la historia rakonto "el dependado kaj subrangeco ĝis naciisma revivigo, sendependa ŝtatformiĝo, kaj kultura aŭtonomeco en maltrankvila partnereco kun la okcidento". Aliflanke, en la ekzemplo de la araba sperto, "La rezulto estas neplenumita kaj nekompleta kulturo, esprimante sin en fragmentigita lingvo de turmento, kolera insistado, ofte senkritikema kondamnado de eksteraj (kutime okcidentaj) malamikoj" (1993, p. 304–5).

Politika kulturo malofte evoluis preter dependado de la metropola okcidento. Tiu dependeco estas kondukata tra kaj tipigita pere de komunikado preskribita de la klasika koloniismo: la lingvo de la koloniisto, kutime la angla, foje la franca, malpli ofte la portugala (Alexander 1972, Myers-Scotton 1990). Ili estas jam delonge fortikaj monopoloj, kiuj enkaptas, ĉar elirejon oni ne konigas, kaj la nocio de iu ajn alternativo estas aŭ ne perceptita aŭ forbarita. La etoso de subarangeco restas la normo, kaj ĝia alkutimiĝo certigas kaj pluvivigas la ekzistantan staton, hereditan de la koloniismo. La sistemo neas egalecon, reciprokan dignon kaj integran aŭtonomecon. Ekzemple, por usonano scii ion pri la araba kulturo signifas esti okupiĝinta pri aparta fako, sed por arabo scii ion pri Usono estas rutinaĵo.

Albert Memmi nomas la interrilaton "nepacigebla dependeco", kiu muldis personecojn kaj "diktis ilian konduton". Kiel do, li demandas, "eblas, ke [la koloniitoj] povas malami la koloniintojn kaj tamen admiri ilin tiel pasie?" (1968, p. 45).

La komento de Memmi akcentas daŭran gradon de postkoloniista skizofrenio. Estas tiel ofta la dezirego partopreni en la mondo de la koloniinto. Por tion atingi, plej tipe necesas brakumi la lingvon de la koloniinto, objekton de mona aspiro, kiu eventuale alportos enspezon kaj ioman perspektivon pri povo ene de la sistemo. Ne senescepte, sed ne malofte, tio postulas samtempan malagnoskon de la mondo de la koloniito.

Kvankam "koloniisma sistemo sin daŭrigas per persvadado de la koloniitoj per soci-ekonomiaj kaj psikologiaj rekompencoj kaj punoj akcepti novajn sociajn normojn kaj kognajn kategoriojn ... tiuj eksteraj stimulaĵoj kaj malstimulaĵoj estas senescepte rimarkitaj kaj defiataj" kiel malkaŝaj indikoj pri superregado. Tamen, kiel atentigas Nandy, "Pli danĝeraj kaj konstantaj estas la internaj rekompencoj kaj punoj, la duagradaj psikologiaj gajnoj kaj malgajnoj". Tiuj estas pli danĝeraj kaj konstantaj, ĉar ili estas "preskaŭ ĉiam senkonsciaj kaj preskaŭ ĉiam ignorataj" (1990, p. 3). Tio starigas la demandon, ĉu tiu esplorkampo postulas pli da atento.

Octave Mannoni, Frantz Fanon kaj Albert Memmi verkis pri "la interpersonaj rilatoj, kiuj konsistigis la koloniisman situacion, ... Malpli bone konataj estas la kulturaj kaj psikologiaj patologioj produktitaj de la koloniismo en la koloniintaj socioj" (Nandy 2009, p. 30).

Se oni celas plibonigi sintenojn, necesas rekoni la rilatajn soci--psikologiajn kondiĉojn, kiuj neverŝajne unikas ĉe la postkoloniismo. Ŝajnas rilati la Stokholma sindromo. Tiu mensostato kaŭzas, ke ostaĝo ekhavas intiman, sed neracian, ligon kun sia kaptinto. Paradokse, la pozitivaj sentoj de la ostaĝo por lia forkaptinto estas la malo de tiuj, kiujn sentus eksterulo. Tipe, la ostaĝo rifuzos rekoni la paradokson eĉ post la traŭmato (kp. "forbaron" de Derrida). Efektive, la ostaĝo vendas sin por akiri la valorojn de la forkaptinto. Tio, kompreneble, priskribas la sindromon en ties originala, ekstrema formo. Tamen, ĝia esenco estas ke la viktimo ne nur psikopatologie malkapablas agnoski sian situacion, sed efektive identiĝas kun la fifarulo.

La merkato – la financa potenco de koloniisma kulturo

La strukturo de la imperiismo neeviteble emfazadis la nacion, tiel ke apenaŭ surprizas, ke triamondaj tekstoj estas preskaŭ neeviteble rigardataj el la vidpunkto de la koloniisma intertrafiĝo. Ahmad kritikas la rarecon de taksado "el la vidpunkto de ilia determinado laŭ formiĝoj de klaso kaj sekso, aŭ el la starpunkto de tio, kio eventuale estus la bezonoj de socialisma kulturproduktado... verkojn oni neniam taksas el la vidpunkto de socialismo kiel la liberiga deziro de nia epoko. Ĝuste la starpunktoj de tiu diskurso subpremas tiajn alternativajn elirpunktojn, kaj tiuj starpunktoj sidas komforte kun la institucioj – la universitato, la literatura konferenco, la fakrevuo – kies afero estas aprobi tiajn diskursojn" (Ahmad 1992, p. 92–3). Kiel komentas Gandhi: "scio plej malsimilas al si, kiam ĝi ensistemiĝas kaj ekkunlaboras profite al reganta elito" (1998, p. 75). Tiuj demandoj pri postuloj de la merkato kaj dependeco de patronoj estas akcentitaj en du el la nuntempaj krizoj en la universitata edukado, identigitaj de Manzano-Arrondo kaj Torrego Egido (2009).

La esenco de la observo de Ahmad estas tio, ke mono havas difinan influon, konscie aŭ nekonscie, ankaŭ sur la determinadon de literaturo kaj kritiko. Li konkludas, ke "se tiuj praktikoj lokiĝas sole en iu imagita ejo difinita kiel la Dua Mondo, do mallarĝa naciismo povos esti la sola simbolo, sub kiu la kultura produktado ene de la Tria Mondo povos okazi aŭ konceptiĝi." Refoje venas la mesaĝo, ke, konsiderinte la mondan situacion, nacia konscio estas stacio survoje al pli societema estonteco.

Ahmad aldonas, ke "tio, kio konsistigas la unuecon de la mondo estas la tutgloba funkcio de la kapitalisma maniero de produktado kaj la rezistado kontraŭ tiu agmaniero, kiu finfine estas karaktere socialisma. Sed tiu konsistiga fakto ne funkcias same en ĉiuj landoj de Azio kaj Afriko" (1992, p. 120).

Chatterjee atentigas, ke "per transformado de naciismo en novan regionan aŭ ŝtatan ideologion, postkolonioj subigis sin al tutmonda procezo de raciigo, bazita sur eksteraj normoj, procezo regata dum la postmilitaj jaroj de modernigo kaj evoluigo per logiko de monda sistemo, kies tipo estas tutmonda kapitalismo, komandata ĉe la pinto fare de manpleno da gvidaj industriaj landoj" (1993, p. 147, 169; Said 1993, p. 319–20). "Estas kvazaŭ la kulpo de la pasinteco tiel multe pezi, ke ĝi ĉesas maturiĝi kaj dispeciĝi en transformajn signalojn de konscio, sed okupas anstataŭe la grundon de subpremado" (Harris 1973, p. 62).

Apartaj formoj de naciismo estiĝis ene de koloniitaj landoj kaj kiel rezistmovadoj antaŭ sendependiĝo kaj kiel politikaj kaj kulturaj movadoj post la aŭtonomiĝo. La antaŭ- kaj postkolonian situacion, kiu traktis demandojn pri naciismo kontraŭ internaciismo, strategia esencismo, transkulturaj influoj, solidareco ktp, oni debatadis el la vidpunktoj de marksismo kaj poststrukturismo/postmodernismo.

Chatterjee argumentas, ke multa naciisma pensado en Barato "kondukas neeviteble al elitismo de la intelektularo, enradikiĝinta en la imagbildo pri radikala regenero de nacia kulturo" (1986 ed., p. 79, 100, 161). Said karakterizas tian regeneron de kulturo kiel "romantike utopian idealon", kiun subfosas la politika realo (1993, p. 262). Tamen Said opinias, ke "Chatterjee montras, ke sukcesa kontraŭimperiisma naciismo havas historion de evitado kaj sindeteno, kaj ke naciismo povas iĝi universala kuracilo por *ne* trakti ekonomiajn malegalecojn, socian justecon, kaj por akapari la nove sendependan ŝtaton fare de naciisma elito" – kies plej kara deziro ofte estas simii fremdan kulturon.

Pli interese, Said identigas plian fadenon "ene de la interkonsentita opinio de naciistoj ... favore al la pli vastaj, pli grandanimaj homaj realoj de komunumeco *inter* kulturoj, popoloj kaj socioj. Tiu komunumeco", asertas Said, "estas la reala liberiĝo antaŭsignita de la kontraŭimperiisma rezistado" (1993, p. 262–3).

Fanon avertis, ke "se nacia konscio en sia momento de sukceso ne estus iel ŝanĝita en socian konscion, la estonteco enhavus ne liberiĝon, sed etendiĝon de imperiismo" (Said 1993, p. 323; Fanon 1965, p. 119–65).

Pro manko de socia konscio, naciismo ja kondukis al kulture oblikvigita tutmondigo, ironie direktanta kontraŭkoloniisman, naciisman ideologion reen en la koloniisman gregejon. Tio okazis spite la aserton de Wallerstein, ke la superstrukturo de ŝtata potenco kaj la naciaj kulturoj estas vartejo de naciismaj movadoj, kiuj faciligas agadon kontraŭ malegalecoj propraj en la monda sistemo (1982, p. 30; Said 1993, p. 406).

Fanon atendis dinamikan procezon, kulturan ŝanĝiĝon "el la tereno de naciisma sendependenco al la teoria kampo de liberiĝo". Nacia konscio riĉiĝus kaj profundiĝus per transformiĝo en konscion pri sociaj kaj politikaj bezonoj, alivorte, en realan humanismon. Said nomas tion "nova inkluziva koncepto pri la historio" (Fanon 1961, p. 204; Said 1993, p. 323–5). Ĉu tio estas plenumebla per la rimedo de nacia konscio, akompanata de teorio pri emancipiĝo?

"Tiu taskego, kiu konsistas el reenkondukado de la homaro en la mondon, de la tuta homaro," argumentis Fanon, "plenumiĝos kun la nemalhavebla helpo de la eŭropaj popoloj, kiuj mem devas kompreni, ke en la pasinteco ili ofte envicigis sin kun niaj komunaj mastroj rilate koloniajn demandojn. Por tion atingi, la eŭropaj popoloj devas unue decidi vekiĝi kaj skui sin, uzi la cerbon, kaj ĉesi ludi la stultan faŭnon de la Dormanta Belulino" (Fanon 1961, p. 105).

El nacia konscio al konscio socia

Said skribas, ke "Fanon estis la unua grava teoriisto de kontraŭimperiismo, kiu komprenis, ke la ortodoksa naciismo sekvas la saman spuron fositan de la imperiismo, kiu, kvankam ĝi ŝajne cedis sian aŭtoritaton al la naciisma burĝaro, efektive vastigis sian hegemonion" (1993, p. 330).

"Lasita al si mem, la naciismo post sendependiĝo "dispeciĝos en regionismojn ene de malplena ŝelo de la naciismo mem"." (Said 1993, p. 330; Fanon 1965, p. 159). Tion atestas la eŭropa regionismo, malcentralizismo, kaj daŭraj regionaj konfliktoj en Afriko kaj aliloke.

Fanon alvokis "rapidan paŝon ... el nacia konscio al politika kaj socia konscio" (1965, p. 203). Said resumas: "Oni devas transpasi bezonojn bazitajn sur identeca (t.e. naciisma) konscio. Novaj kaj ĝeneralaj kolektivecoj – afrikaj, arabaj, islamaj – devus havi antaŭrajton super apartismaĵoj" (1993, p. 330). Eŭropa Unio bone ekzemplas tian ĝeneralan kolektivecon kaj tian regionismon.

Nova sistemo – konscio kaj komunikado

Said observas, ke Fanon "ne povis eksplicite eldiri la kompleksecon kaj kontraŭidentecan forton de tiu kontraŭrakonto. Liaj "revaj sugestoj ... porparolas liberiĝon kiel *procezon* kaj ne celon aŭtomate ene de la nove sendependaj nacioj." Kaj Fanon "deziras iel kunligi la eŭropanon samkiel la indiĝenon en novan senkontraŭecan komunumon de konscio kaj kontraŭimperiismo" (1993, p. 331).

"Nova sistemo de moveblaj rilatoj devas anstataŭi la hierarkiojn, hereditajn de imperiismo. ... Liberiĝo estas konscio pri la memo, "ne fermo de la pordo kontraŭ komunikado", sed neniam finiĝonta procezo de "malkovrado kaj instigado", kondukanta al vera nacia memliberiĝo kaj al universalismo" (Said 1993, p. 330; Fanon 1965, p. 247).

Fanon, samkiel Said, parolas pri komunikado, ĉar tiu estas la sola rimedo, per kiu liberiĝo estas superebla alie ol en kunteksto regiona aŭ nacia, kaj ambaŭ viroj deziras movi la aferon sur pli altan nivelon. Tamen, neniu el ili povas tute antaŭvidi eksplicite la postan paŝon en la procezo. La imperiismo ankoraŭ plutenadas ilian eksterordinaran pensliberecon.

Said skribas, ke Fanon "ne provizis kaj ne povis provizi per institucia, nek eĉ per teoria, antiveneno" kontraŭ la detruemo, rabemo kaj dividemo de naciaj burĝaroj. Post tio Said demandas, kial estas malfacile percepti, ke okazas io alia, kiu "akre disrompas, kaj poste svingiĝas abrupte for de la unueco forĝita inter la imperiismo kaj kulturo" (1993, p. 334).

"Unu kialo estas, ke al la teorio kaj teoria strukturo, sugestitaj de verkistoj pri liberiĝo, oni malofte donas la komandan aŭtoritaton ... aŭ gajan universalismon de iliaj samtempaj, plejparte okcidentaj paraleluloj. Por tio estas multaj kialoj, ne plej malgrave ... multaj kulturaj teorioj, kiuj pretendas universalismon, supozas malegalecon inter rasoj, subordiĝon de malsuperaj kulturoj, kontraŭvolan konsenton de tiuj, kiuj – en la vortoj de Markso – ne povas reprezenti sin mem kaj do devas esti reprezentataj de aliaj" (Said 1993, p. 334–5). Ĉu "la subalternulo" povas informiĝi, konsciiĝi kaj paroli?

El aprobado al fundamentismo

Spivak opinias skandala, ke aliro de la koloniito al la heredaĵo kaj kulturo de imperiismo okazas laŭklase. Proprigo fariĝas fremdigo, kaj la gajno el aliro al la kulturo de imperiismo povas iĝi fremdiĝo, nun reludata kiel speco de fundamentismo, kiun ŝi nomas "reveno de la inhibitoj". Plie, la "neekzamenita traktado inter la usona triamondismo" kaj "la konstruo de la objekto de koloniismo / naciismo" ĉiu legitimas la alian, tiel forpuŝante "la traktadon inter koloniismo kaj naciismo". Tio rezultigas perdon de "la (vera) objekto (de esplorado)", ĉar "etneco neniel maltrankviligita pro la sortoŝanĝiĝoj de la historio kaj nete alirebla kiel esplorobjekto estas sukeraĵo" (1999, p. 60–1).

Spivak citas el Chatterjee (1987, p. 6) pri la "memkontraŭdiraj tiroj al naciisma ideologio dum ties luktado kontraŭ koloniisma superrego... solvado konstruita ĉirkaŭ divido de la kulturkampo en du sferojn – la materian kaj la spiritan." La okcidenta civilizacio estas plej potenca en la materia sfero, ebliganta koloniismon kaj superregon, sed se la postkolonioj plene imitus la okcidenton, "ĝuste la distingo inter la okcidento kaj oriento malaperus – la memidento de nacia kulturo mem estus minacata." Naciistoj argumentis, ke "sur la spirita tereno la oriento superas la okcidenton", kaj sekve necesas "kultivi la materiajn teknikojn de la okcidento, dum oni konservas kaj fortikigas la distingan spiritan esencon de la nacia kulturo."

Tiu kontraŭpozicio de "la materia" (ekonomia organizo kaj potenco) kontraŭ "la spirita" (naciismo), argumentas Spivak, estas aliro, kiu estas delokado de tio, kion ŝi nomis, metonimie, "Hegelo", "ĝuste kiel la naciismo multmaniere estas delokita aŭ renversita legitimado de koloniismo" – "nek la kolonia nek la postkolonia regato loĝas en la (ne)ebla perspektivo de la indiĝena informanto aŭ la implicita nuntempa ricevanto" (1999, p. 62).

Ĉu survoje al teorio?

Said parolas pri eŭropa teoriumado kaj okcidenta marksismo kiel suspektaĵoj en "la sama malagrabla "universalismo", kiu ligadis kulturon kun imperiismo dum jarcentoj". Liberisma kontraŭimperiismo provadis rompi tiun "katenantan unuecon", unue, "per nova integriga aŭ kontrapunkta orientiĝo en historio, kiu vidas spertojn okcidentajn kaj neokcidentajn kiel kune apartenantajn ĉar ligitajn pro la imperiismo; due, per fantazioplena, eĉ utopia imagbildo, kiu rekonceptas emancipajn (male al limigaj) teorion kaj plenumadon, kaj trie, per investo nek en novaj aŭtoritatoj, doktrinoj kaj kodigitaj ortodoksismoj, nek en establitaj institucioj kaj celoj, sed en aparta speco de energio nomada, migra kaj kontraŭ-rakontlinia" (1993, p. 336-7).

Ĉi tiu fazo ŝajnas indiki, ke la procezo erarvojis! Kvankam "la okcidento" estas entenita en la analizo kiel unu partio en la duuma kontraŭeco "koloniintoj–koloniitoj", tio ne estas universala. La malplenaĵo estas la resto, kaj la samaj fortoj – kapitalismo, naciismo, imperiismo – jam generis la novan kolonian forton, kiu estas alie konata kiel "tutmondigo". Ĉi tiel Samuel Huntington konsideras, ke "Imperiismo estas la necesa logika konsekvenco de universalismo" (2011, p. 310). Li tamen argumentas el intercivilizacia starpunkto. Ne tiom temas pri tio, ke li malpravas, sed pli ĝuste ke la vera unuo de ĉiuj kulturoj estas la homo, sur kiu iu ajn progreso devas konstruiĝi por esti daŭripova. Verŝajne nur vera universalismo, brakumanta diferencon, povos alproksimiĝi al solvado.

Spivak scivolas, ĉu eventuale povus okazi "tropologia [vortfigura] malkonstruo de maskla universalismo", se "oni permesus al la ĝisfunde plurtavola, pli granda ejo de la Sudo, la scenejo de tiel nomata malkoloniismo, egalajn rajtojn de historiaj, geografiaj, lingvaj specifecoj kaj teoria efikado" (1999, p. 168).

Said poste demandas, ĉu "ne- aŭ post-imperiisma historio" verkeblus, "kiu ne estas naive utopia aŭ senespere pesimisma, se oni konsiderus la daŭre implikitan aktualecon de superregado en la tria mondo?" (1993, p. 338). Tion li nomas metodologia kaj metahistoria aporio [senelirejo].

Tralabori la senelirejon – preter nacia konscio

Nandy difinas la kontraŭtezon de koloniismo kiel "relativan senson pri libereco kaj kritika moralo … kiun oni povus akiri sole per laborado tra la kolonia konscio" (1990, p. 35-6).

Gandhi emfazas la aserton de Fanon, ke la memkonscio, kiu kreskis el la historiaj projektoj de nacia identeco kaj postkoloniismo, "ne estas la pordofermo kontraŭ komunikado. Filozofia pensado instruas al ni, male, ke tio estas ĝia garantio". En tio Gandhi vidas rimedon al parta fino, nome, ke nacia konscio, kiu ne estas naciismo, estas la sola afero, kiu provizos nin per internacia dimensio (1990, p. 123–4).

Se komunikado garantias memkonscion, kaj nacia konscio promesas internacian dimension, do nacia konscienco estas tiu, kiu devas paroli. Sed kiel nacio parolas kun nacio sen, ankoraŭfoje, fali sub la jugon de koloniisma memprofitado? La "tutmondigo" en sia estanta formo sufokas memkonscion, kiu alie eventuale faciligus eskapon el "la koloniisma gregejo".

Ahmad rezonas, ke "tiomgrade, ke la politika sistemo de la nuntempa imperiismo prenas sian formon laŭ la hierarkie strukturita sistemo de naciŝtatoj, sekvas, ke sole per organizado de ĝiaj luktoj ene de la politika spaco de la propra naciŝtato, kun revolucia transformo de tiu aparta naciŝtato kiel la tuja praktika celo, la revoluciaj fortoj de iu ajn aparta ŝtato povos efektive lukti kontraŭ la imperiismo, kiun ili konkrete alfrontas en la propra vivo". Tio, ke la ekzistanta strukturo de la naciŝtato estas realaĵo, ene de kiu okazas polemiko kaj luktado, ne malplej grave pro lingvobarieroj, estas temo alprenata fare de pluraj studantoj pri la postkoloniismo.

Persone Ahmad porparolas socialisman vidpunkton, aldonante, ke "la socialisma projekto havas esence universalisman karakteron, kaj socialismo, eĉ kiel transira maniero, ne povas ekzisti krom sur bazo transnacia" (1992, p. 317). Tiu tradicia "universalisma", "transnacia" karaktero de "la socialisma projekto" havis dum la historio, tamen, limigitan efikon, kaj malmultaj socialismaj movadoj ŝajnas pli ol nominale interesitaj pri plifortigo de sia transnacia karaktero trans la limojn de la nuntempa strukturo de la naciŝtato kaj "tutmondigo".

Se ni kapablas metodologie tralabori "la metahistorian senelirejon" trans la koloniisman kaj nacian konsciojn al loko eble pli libera kaj pli morala, kie ni eventuale trovu tion?

Spivak faras kelkajn sugestojn pri metodo. Mallonge, tiuj estas: unue, distingi inter "interna koloniismo", t.e. senvoĉigitaj grupoj ene de metropola lando, kaj la koloniigo de aliaj spacoj; due, distingi inter "koloniismo", "novkoloniismo" kaj "postkolonieco"; kaj trie, ŝi petas nin "serioze konsideri la eblon, ke sistemoj de reprezentado montras sin, kiam ni sekurigas la *propran* kulturon – la proprajn kulturajn klarigojn." Tio starigas la demandon, ĉu ni eble establas "etnokulturan

Senkulturigo

Nandy krome distingas "pli subtilajn kaj pli rafinitajn rimedojn de senkulturigo". Ili entenas modelojn kaj de konformeco kaj de "oficiala" malkonsento. Tion evidentigas la malfacileco spertata ĉe la postkoloniismo mem en sia provado bildigi al si eblajn estontecojn. Koncepteblajn perspektivojn oni kutimas forigi, juĝante ilin – se uzi la vortojn

... a procedon de socigo.

... san", simile kiel la koloniisma kulturo reformis la eduksistemon kaj

... nante ĉian malkonsenton kiel "infancan, malracian kaj malprog-

... n kiel praktikan, racian, ĉeffluan kaj neeviteblan, aŭtomate hon-

... 009, p. 117–8). Tiumaniere la novkoloniismo kapablas difini

... mojn kaj la finan formon de legitimeco de sistemo, *ne* kon-

... to. Nandy skribas: "En iu ajn hegemonio, malkonsento

... , sed ankaŭ la novkoloniismon. Temas pri traktado

... ua estas "uzi historion por platigi la pasintecon

... umojn" konforme kun deknaŭa-jarcentaj teorioj

... dua artifiko karakterizas ne nur la koloniismon kaj

... artifikojn", uzatajn en la "ludo pri kategorioj

... ormo" (1990, p. 74–5).

.venciaj", "saĝaj" aŭ "rac
.dernan koloniismon, sed da\
ɔj pri koloniismo (2009, p. xii).
.mandas, ĉu la humiluloj heredos l
goriojn, konceptojn kaj eĉ mensajn defer.
.denton en prudente trakteblan vektoron ene
.ceptoj ankoraŭ ekster la etendo de modernaj i
tismo. La unua koncepto en tia aro devas esti konstru
fare de la viktimoj, ...", sed ĉiu koncepto "estas ero de ɛ
turo ... kaŝe kunlaboranta kun siaj viktimoj" (2009, p. x

Diferenco – reciproka servuto

Fundamenta problemo de la eŭropa humanismo estas mals
ĝiaj porparolantoj universale apliki siajn idealojn. Ĝenerale
kaj ne nur la eŭropa socio, ankoraŭ ne alprenis en la praktiko l
de egala traktado. La teorio haveblis, sed "diferenco" provizis p
kulpigo kaj mildigo de konscienco pro malegala traktado, por
sklaveco estas la plej klara ekzemplo. Tamen, la kondiĉo ne estis
unuflanka.

La tendenco de la koloniinto percepti kaj trakti la koloniiton k
malsuperulon, aŭ eĉ kiel beston, degradis la koloniinton mem. Kiel vo.
tumis Césaire, la buĉado de "hindoj, aŭ hinduoj, aŭ sudmaraj insulano)
aŭ afrikanoj" fakte estis la renverso de "la remparoj, malantaŭ kiuj la
eŭropa civilizacio estus povinta libere evolui". Alivorte, malcivilizo de
la koloniistoj (1972, p. 20, 57–8). Mannoni skribis pri la psikologio de
koloniismo, ke la detruaj fortoj, kiujn utiligas kulturo por detrui aliajn
kulturojn, agos ankaŭ interne (1990; Nandy 2009, p. 9).

Nandy memorigas nin pri psikologio de Platono, pri la argumento,
ke ni ne povas eviti la kaŭzecon de pekado (2009, p. 31). La verko
Theaetetus (176–7) instruas nin, ke la neeskapebla puno pro malvirto
estas simple resti la speco de persono, kia oni estas. La Budho tion
konkludis antaŭ Platono. Tiun temon oni ofte flankenmetas kiel aferon
de religio. Tamen, eĉ se ni metas tiun observon en la fakon "moralo", ni
ne povas ignori ĝin kiel "psikologian" aŭ, kiel Fanon ekzempligas ĝin en
sia "Koloniisma milito kaj mensaj malsanoj", kiel "psikiatrian" (1965,
p. 200–50).

Koloniismo kiel reciproka interrilato estas aparta intereso de Nandy. Kvankam la efiko de koloniismo en Barato estis profunda, ĝia kultura influo estis esence limigita "al ĝiaj urbaj centroj, al ĝiaj okcidentigitaj kaj duon-okcidentigitaj superaj kaj mezaj klasoj, kaj al iuj sekcioj de ĝiaj tradiciaj elitoj." Nandy tamen argumentas, ke ĉar Britio estis inter si "relative pli homogena insuleto", tio signifas, ke "la longtempa kultura damaĝo, kiun la koloniismo kaŭzis al la brita socio, estis pli granda" (1990, p. 31–2). Nandy identigas tiujn influojn kiel elstarigon de "tiuj partoj de la brita politika kulturo, kiuj estis plej malmildaj kaj malhumanaj... novaj formoj de ensistemigita perforto kaj senkompata socia darvinismo".

La malsuperaj klasoj britaj sidis bone en tiu koloniisma koncepto pri hierarkio kun nur eta modifo. Norbert Elias opiniis, ke la okcidentaj nacioj kiel tuto havas superaklasan funkcion en sociaj procezoj (2000, p. 385).

"La tragedio de koloniismo", skribas Nandy, "estis ankaŭ la tragedio de la pli junaj filoj, la virinoj kaj ĉiuj "ceteruloj kaj kaj-tiel-pluuloj" de Britio." Plie, tiu socia psikozo "glaciigis socian konscion" pri la falanta kvalito de la vivo dum la industriigo kaj "nebuligis liniojn de sociaj dividoj per malfermo de alternativaj kanaloj por socia moviĝemo en la kolonioj kaj per garantiado de naciismaj sentoj per koloniaj militoj de ekspansio..." (1990, p. 32–3).

Viswanathan emfazas "kiel senfine pli katena" la tiraneco de reprezentado povas esti sur la koloniinto ol sur la koloniito. La koloniito estas konstruaĵo de la antaŭjuĝoj de la koloniisto, do la reagoj de ĉi tiu estas enkadrigitaj de liaj misperceptoj (2015, p. 12).

Kiel "tre signifa portreto de la reciproka servuto" inter koloniinto kaj koloniito, Nandy direktas nin al la raporto de George Orwell "Shooting an Elephant (Pafi elefanton)". Orwell raportas: "Mi perceptis en tiu momento, ke kiam blankulo tiraniĝas, li detruas sian propran liberecon. Li fariĝas ia kava, pozanta manekeno, la ŝablonigita figuro de *sahib* [moŝto]. Ĉar la kondiĉo de lia rego postulas, ke li pasigu sian vivon provante imponi la "indiĝenojn", kaj tial ĉe ĉiu krizo li devas fari tion, kion la "indiĝenoj" de li atendas. Li portas maskon, kaj lia vizaĝo kreskas por esti en ĝi laŭmezura" (Nandy 1990, p. 40; Orwell 1970, vol. I, p. 265–72).

Macaulay kaj liaj eŭropaj samtempuloj pravigis, kaj sendube kredis, ke iliaj agoj okazas kun la plej altaj moralaj motivoj, havante "kredon je emancipado". Tamen, ili same rigardis sin kiel heredintojn de la romia filozofio de potenco. Ili edukiĝis saturitaj en scio pri la romia imperio, ĝia lingvo kaj la kulto de la klasikaĵoj. Kiel la reganta klaso, ili celis utiligi tiun ideologion por etendi sian potencon kaj firmigi tiun de sia imperio.

Nek la eŭropa Klerismo nek la eltrovo de racio kulpas pro la protokolero de Macaulay. Tio, kio gravas, estas la ĝusta uzado de racio. Ne la racio kulpas. Kulpaj estas tiuj, kiuj utiligas racion por neracio, kiuj vestas la deziron pri potenco per noblaj celoj.

Gandhi parolas pri "malglata historio de racieco... kiu komenciĝas, samkiel ĝi finiĝas, en perforto" (1998, p. 38). Estas dubinde, tamen, ke ĝi "atestas pri la civiliza malsukceso de la kartezia projekto", ĉar "civiliza malsukceso" ne estas pro malsukceso de la kapablo raciumi. Ĝi atestas pri la malsukceso de la homaro utiligi racion, kaj aliajn kapablojn, por la bono de la civilizacio. Malbona laboristo kulpigas siajn ilojn.

Kvankam Klerismo estis parto de la kultura heredaĵo de Macaulay, pli ĝuste la motivo por potenco rolis kiel la ĉefkaŭzo. La genio de Macaulay estis kompreni la mekanismojn de potenco. Li povis manipuli "malmolan" potencon, kies plej malalta denominatoro estas perforto kaj devigo, sed ĉi tia potenco kutimas esti portempa kaj necerta. La potenco funkcias kiel seruro. Macaulay komprenis, ke li bezonas malŝlosilon por turni en la seruro por firme daŭrigi la regadon. Tiu malŝlosilo estis lingvo. Kompreneble, ĝi estis vestita per sinceraj asertoj pri "liberigo kaj civilizo", sed la malŝlosilo estis la rimedo, per kiu la "intelekta lumo" estis liverota. Lingvo, kiel malŝlosilo, povas malfermi aŭ fermi intelektan aliron. La protokolero de Macaulay utiligis lingvon por fermi la pordon al barataj studoj kaj malfermis ĝin por britaj studoj per la unuarangigo de la angla lingvo. Postaj naciistaj politikaj programoj malmulte efikis al la testamentaĵo de Macaulay, kiu rapide pluiradas nuntempe kiel "mola potenco", ankoraŭ generante sintenojn koloniismajn kaj subordigajn. En la evoluinta mondo, "ankoraŭ estas facile vendi la malnovajn pravigojn de la koloniismo al nuntempaj okcidentaj lernejanoj, kies gepatroj malsukcesas vidi, kiel io ajn povus malutili en la rakontlinio" (Dasgupta 2014).

Gandhi asertas, ke "Se la postkolonia klerulo alvokiĝas en la politikon, tiuokaze al tio esence propras,... faciligi demokratian dialogon inter la intelektularoj okcidenta kaj neokcidenta, kaj tiel farante, mal-

kovri eliron el la epistemologia perforto de la koloniisma intertrafiĝo."
Vere, sed ŝi aldonas la kondiĉon (reference aparte al la verkoj de Dirlik
kaj Ahmad) ke "ĉiam troviĝas pli en politiko ol teorio" (1998, p. 63).

Se oni celas plibonigi interkulturan komprenon, ĝi povas veni sole
post dialogo – nedevigata debato sur grundo nekoloniisma, neŭtrala –
kaj dialogo okazas en lingvo. Sed atentu, avertas Jean-François Lyotard,
la partoprenantoj en etika-politika dialogo malofte egalas (Gandhi
1998, p. 28).

Ekskolonia imitado anstataŭ inventado

Fanon bedaŭras la mankon de vera burĝaro en subevoluintaj landoj.
Eŭropa meza klaso, tipe dinamika, edukita kaj sekulara, akumulas al si
kapitalon. Aliflanke, la "rapid-riĉiĝema meza klaso" de landoj subevo-
luintaj "montras sin nekapabla estigi grandajn ideojn aŭ inventemon.
Ĝi memoras, kion ĝi legis en eŭropaj lernolibroj kaj nepercebteble ĝi
fariĝas eĉ ne repliko de Eŭropo, sed ĝia karikaturo" (1965, p. 141). Tio
eventuale klarigas la relativan mankon de veraj alternativoj al la ekzis-
tanta stato heredita el la koloniisma epoko.

Fanon forte riproĉas la mezan klason de ekskolonioj, ĉar ili estas
ne pli ol "kasto [kiu] nenion pli faris ol transpreni neŝanĝitan testa-
mentaĵon de la ekonomio, la pensadon kaj la instituciojn postlasitajn
de koloniistoj". Ili funkcias kiel perantoj per la unuaranga "perilo" de
komunikado, kiu estas la koloniista lingvo. Troviĝas inter la indiĝenaj
intelektuloj kaj komercistoj konstanta deziro identiĝi kun la burĝaj
reprezentantoj de la koloniista lando." Akompanas tiun hereditan
pensmanieron koloniistan "ilia malestima sinteno al la popolamaso", al
ilia kulturo kaj iliaj lingvoj (1965, p. 142–3).

Ahmad plie riproĉas la profesian burĝaron pro tio, ke ĝi konfuzas
la proprajn kulturajn praktikojn kaj aspirojn kun tiuj de unuigita
nacia kulturo: "La ideologio de kultura naciismo baziĝas eksplicite
sur tiu [civilizacia] apartiga tendenco kaj multe tro facile kondukas al
paroĥismo, inversa rasismo kaj indiĝenisma obskurismo" (1992, p. 8).

"Afrikigo" de Eŭropo

Kiel atentigis Gandhi, unu neplenumo de la postkoloniisma teorio estas, ke ĝi ne sukcesas klarigi similecojn inter kulturoj kaj socioj, kiuj ne spertis koloniismon kaj tiuj, kiuj tion ja spertis (1998, p. 168). Ekzemple, kvankam Ngũgĩ elmetas kaj klarigas la koloniisman eduk-sistemon en Kenjo kun ĝia sistema subpremado de lokaj lingvoj kaj literaturo favore al la koloniista lingvo, li malsukcesas kompreni la gra-vecon de kreskantaj similecoj kun la situacio en Eŭropo.

Ngũgĩ skribas, ke "[la angla] estas parolata en Britio kaj en Svedio kaj Danlando. Sed por svedoj kaj danoj la angla estas nur komunika rimedo kun neskandinavoj. Ĝi ne estas portanto de ilia kulturo" (1986, p. 12–3). Tamen, la angla neniusence estas "nur komunika rimedo", kaj Skandinavio estas aparta ekzemplo de la penetrado kaj superregado fare de la angla en la eduksistemon, kulturon kaj socian psikon. La daŭra kaj eksponenciala premado de la angla, kaj ekstere kaj interne de Eŭropo, signifas, ke ĝi fariĝis ankaŭ la unua rimedo de komunikado inter skandinaviaj landoj mem (kiuj esence kunhavas reciproke kompreneblajn lingvojn).

La rolo de la (eks)koloniistaj lingvoj en Afriko kaj tiu de fremdlin-gva edukado kaj uzado en la moderna Eŭropo kaj pretere iĝas daŭre pli proksime komparebaj. La demando pri lingva kaj kultura hegemonio kreskadas ankaŭ en Eŭropo mem. Ngũgĩ priskribas kiel la (eks)kolonia sistemo altrudas sian lingvon kaj poste malgravigas la vulgaran lin-gvon, farante la akiron de sia lingvo statussimbolo. Homoj deturniĝas de la valoroj de la propraj lingvo kaj kulturo (1986, p. 72–3). Tamen paraleloj kun tiu scenaro jam kreskis eksponenciale en la plimulto da eŭropaj landoj post la jaro 1945. La procedon de "afrikigo" atestas nur--anglalingvaj lernejoj kaj universitataj fakoj, unulingva esplorado kaj eldonado, kun subrangigo de la uzo de la nacia(j) lingvo(j) sur pres-kaŭ ĉiuj kampoj, ne malofte tuta forbaro. Fremdlingva instruado oku-piĝas grandparte pri unusola lingvo, lasante lernantojn kun malmulta defendkapablo kontraŭ mallarĝa mondpercepto. La norvega, neder-landa aŭ eĉ germana doktoriĝanto, kiu verkas sian disertaĵon ne en la angla pri iu ajn fako nuntempe estas strangulo (Phillipson 2003).

La peto de Ngũgĩ pri afrika edukado per "restarigo de la harmonio inter ĉiuj aspektoj kaj apartaĵoj de la lingvo" por la kolektiva bono estas daŭre pli grava por la studanto ankaŭ en Eŭropo, kie eĉ triagrada edu-

oli atakata. Ngũgĩ pr...

...kaj sia medio kiel k...

...ŭi la pozitivajn r...

...en la literaturoj

...ropra lingvo, pri s...

...kaj kaj fremdaj ĉiu

...-9)

...rezista movado kontraŭ

...edukaj decidoj kreis spe-

...kie kolonieca lingvosituacio

[Overlapping torn page fragment with rotated text:]
iu ajn lingvo kun gran-
...alantaŭ si. Lingvo ne
en iu aŭ alia formo.
...aspektojn aŭ ele-
...e nomis la lingvo
...uado de riĉaĵoj;
...estas komuni-
...men, emfazas
...estas ankaŭ
...aloroj "iĝas
...raŭ plie, li
...ingvo, kiu
: unue,
...nkcias
...onas
...ser-
...co
...fa

...ovas alvoki kulturon kaj tradicion

...aj nacioj jam grandparte cedis sub

...a al tiu spertata dum la postkolonieco.

...stkolonieco estas, kiel atentigas Bhabha,

...ersistaj "novkoloniismaj" rilatoj ene de la

...a perspektivo ebligas la aŭtentigon de histo-

...aj la evoluigon de strategioj de rezistado" (1994,

...ankas tia perspektivo. Aliflanke, rezistado kontraŭ

...o oftiĝas. Ekzemple en la jaro 2012 la decidon de la

...Milano instrui al ĉiuj diplomitoj sole en la angla – la uni-

...mis tion "internaciigo" – oni defiis ĝis la itala supera kor-

...rte Costituzionale). Ĝi juĝis, ke, considerinte la unuarangecon

...ala, egalecon en aliro al universitata edukado kaj liberecon de

...kado, la itala lingvo ne estas malgravigebla al marĝena kaj subor-

...igita pozicio, per tio forigante ĝian ĝustan funkcion (*Il Giorno*, 24 feb. 2017). Eventuale la sola certa maniero protekti kulturan diversecon estas starigi tiajn jurajn difinojn (ekz. kiel en Kebekio, Estonio, Belgio, Svislando, Kimrio – se mencii nur kelkajn).

Eŭropaj organizaĵoj, kiuj okupiĝas pri subtenado de minoritataj lingvoj kaj kulturoj, laboras esence por akceptiĝi en la nunajn sociajn strukturojn kaj montras malmulte aŭ neniom da intereso pri reformo de la pli vasta persektivo. Afrikanoj, aliflanke, kun siaj historio kaj sperto, povus ekpreni pioniran ĉefrolon en tia edukado kaj socia konsciigo en Eŭropo, tiel ankaŭ helpante forviŝi la persistan percepton pri afrikanoj kiel konsilatoj pli ĝuste ol konsilantoj.

La nocio, ke la angla estas "sole rimedo de komunikado" estas tiel same miskomprenaĵo en Eŭropo kiel en Afriko aŭ Azio. Neniu lingvo

...ene neŭtralan rolon, kaj tutcerte ne
.nomia, politika kaj kultura influpovo n
.nas kun morsa kodo.
..a homa lingvo portas kun si latentan potencor.
.gŭgĩ opinias, ke "lingvo kiel komunikado" havas ti
mentojn. Tiujn li listigas kiel, unue, "kion Markso fo,
de la reala vivo", t.e. rego super produktado kaj distri,
due, "parolo, kiu imitas la lingvon de la reala vivo, kiu
kado dum produktado"; kaj trie, "la skribitaj signoj". Ta
Ngŭgĩ, troviĝas ankoraŭ pli, ĉar "komunikado inter homo
la bazo kaj procezo de kultura evoluigo". La akumulado de
vivmaniero distingebla disde aliaj vivmanieroj", sed, ankc
emfazas, ke la kulturo estas preskaŭ nedistingebla disde la ,
ĝin ebligas.

Ngŭgĩ poste distingas tri aspektojn de la lingvo kiel kultur,
ĝi "estas produkto de la historio, kiun ĝi... spegulas"; due, ĝi fu
"kiel efikilo formanta imagbildojn"; kaj trie, "ĝi dissendas aŭ ,
tiujn imagbildojn pri la mondo kaj la realo... per specifa lingvo". Li ,
tas, ke "specifa kulturo disvastiĝas per lingvo ne pro ties universal
sed pro ties aparteco kiel la lingvo de specifa komunumo kun spec,
historio" (1986, p. 13–15).

Arif Dirlik, pritraktante la neadon de la diferenco en Klerisma,
metarakontlinioj, atentigas, ke troviĝas evoluanta "metarakontlinio
de moderneco", aŭ "malevoluigo", kio supozigas, ke "ekologia konscio"
multe efikis por aserti la unuarangecon de lokeco (kiel la plej daŭri-
pova ejo, kie vivadi en harmonio kun la naturo)" (1996, p. 27).

Kaptita sen elirejo

Césaire, unu fondinto de la movado *négritude* (negrismo), akre kritikas
Eŭropon pro la "kolektiva hipokriteco" de la "civiliza misio". Kvankam
tia justa indigno ofte preteratentas la kontraŭimperiismajn voĉojn de
Eŭropo, tiu filozofio, samkiel tiuj de similaj kulturliberigaj movadoj,
malsukcesas atingi sian celon kaj emocipurigon. Ĝi restas katenita en
la retaro, kiun la imperiismo teksis por ĝi. Patrick Taylor nomas *négri-
tude* "mita strukturo" bindita en la dramon de la koloniismo, kaj legiti-
manta kaj la novkoloniismon kaj "la novan nigran dependan burĝaron"

(1989, p. 185, 188). Césaire kaj Senghor iĝis delegitoj de la franca kulturo – kaj ili tion sentas. Tio ne signifas, ke aŭ la akirita kulturo, ĉi-kaze la franca, aŭ la kulturo de la movado *négritude* estas malavantaĝa aŭ superflua. Tamen tio ja indikas mankon de konscio pri ebleco liberiĝi el la retaro.

Taylor, en sia verko *The Narrative of Liberation* (La rakonto pri liberigo) pri perspektivoj en Karibio, skribas pri la vivanta kulturo de la koloniitoj, "en kiu la aŭtenta poeto-resaniganto povas loki sin, kaj el kiu povas vortiĝi liberiga mesaĝo". Tamen, kanti pri la libereco ne estas libereco: "Kalibano, pensinte liberigi sin per uzado de la lingvo de Prospero por lin estri, trovas sin paradokse kaptita en ĝi" (Taylor 1989, p. 182, 10; Shakespeare 1970, p. 24).

Imperiismo transportis la sklavojn kaj novloĝantojn, koloniantojn, al nova "domo", difinita laŭ lingvo kaj kulturo. Fenestroj estas malfermaj al perspektivoj de aliaj kulturoj, sed mankas multa konscio pri pordokadro. La pordo ne estas ŝlosita, sed por plenkoncepti la domon, en kiu oni loĝas, oni ne devas forlasi ĝin, sed foje kuraĝi eliri eksteren por observi la tutaĵon: oni ne estas sole karibia aŭ afrika, nek nur franca, nek sole eŭropa, nek eĉ teknopia, sed homa.

Ĉu fascina morala dilemo?

Spivak montras al ni moralan kaj kulturan dilemon, alfrontatan de "Postkoloniaj personoj… povantaj komuniki inter si (kaj al metropolanoj), por interŝanĝi, por starigi societemon, ĉar ni havis aliron al la tiel nomata kulturo de imperiismo. Ĉu ni do asignu al tiu kulturo certan kvanton da "morala bonŝanco"?" Ŝi respondas per definitiva "ne", kiun ŝi tamen nomas "neebla ne". Neado al "strukturo, kiun oni kritikas, tamen intime enloĝas, estas la malkonstrua pozicio, de kiu la postkolonieco estas historia kazo" (1999, p. 191; Williams 1981, p. 20–39).

Tiun klasikan dilemon Spivak nomas "Unu el la plej fascinaj aspektoj de la postkolonieco" – "la palimpsesto de antaŭkolonia kaj postkolonia kontinueco, rompita de la neperfekta trudado de perfekta ekzemplo de Klerismo, mem travestiita en la metropolaj sociaj figuroj de la dekoka kaj deknaŭa jarcentoj" (1999, p. 239–40).

Spivak rekomendas "Zorgan malkonstruan metodon, delokante pli ĝuste ol nur renversante malojn (kiel ekz. tiajn inter koloniinto kaj koloniito) per konsiderado de la kunkulpeco de la esploranto", memo-rigante pri sia uzado de Freŭdo kiel monitora modelo (1999, p. 244).

Ĉu cele al etika paradigmo de reciprokeco?

Kiel, demandas Gandhi, la postkoloniismo povas trapensi sian "vojon tra, kaj tial, el la historiaj malekvilibroj kaj kulturaj malegalecoj pro-duktitaj de la kolonia intertrafiĝo? Ŝi distilas la esencon de la problemo per noto, ke "en siaj plej bonaj momentoj [la postkoloniismo] liveris al la klerula mondo etikan paradigmon por sistema takso pri institucia suferado". Iu ajn serĉo de nova paradigmo por pli bona estonteco devas havi etikan bazon, kiu premisas egalan traktadon (1998, p. 176).

Tamen, kiel observas Dasgupta, "nenie en la okcidento "informi-taj civitanoj" aŭ eĉ "fakuloj" trovis la tempon reekzameni la kulturan mision... ekzameni la kognan kaj moralan bazon de la pretendoj pri "moderneco" fare de la brita kaj franca imperioj, hereditaj de la koa-licio (aŭ, se oni preferas, la usona ne-imperio), kiu marionete mani-pulas la instituciajn aparatojn de la internacia sistemo" (2014). Ĉu la fako postkoloniismo kapablas superi sian daŭran dependadon de la postrestaĵoj de la koloniismo kaj elrompi sin en mondon liberigitan for de la heredita ensistemigo de la suborda rilato?

Por ke ni povu alpreni tiujn "novajn humanismojn", kiel skribis Said, "kiel vivoboniga kaj laŭkonsiste kontraŭ ĉiuj formoj de tiraneco, super-rego kaj mistrakto; ĝiaj sociaj celoj estas nedeviga scio produktita profite al homa libereco" (1983, p. 29), do reciproke valida, neŭtrala komencopunkto estas trovenda, sur kiu konstrui.

Said serĉas strategiojn, kiuj eventuale uzeblus por profundigi nian konscion pri la maniero, per kiu la pasinteco kaj nuntempo de la impe-riisma kuntrafiĝo interagas unu kun la alia – "por serĉi tion, kion Said nomas "pli malavara kaj plurisma imagbildo pri la mondo" (1993, p. 45, 277).

Dum sia ekzamenado de "strukturoj de sintenado kaj referencado", Said vidas "apenaŭ iun ajn malkonsenton, iun ajn deturnon, iun ajn heziton pri... preskaŭa unuanimeco, ke... unu raso konsekvence gajnis la rajton esti konsiderata kiel la raso, kies ĉefmisio estas etendi sin pre-ter sia tereno." Tiu sinteno estas memevidenta en la historia geografia etendado de imperioj dum la moderna tempo, Francio, Britio, Germanio,

sed egale evidente estas en la ĉiopenetra usona sinteno, ke Usono raj-
tas interveni ie ajn, kie ĝi juĝas tion necesa. Malgraŭ siaj multaj kla-
raj meritoj Usono havas "tutan historion de ekstermado kaj aneksado
malantaŭ si" (1993, p. 62, 66).

Said emfazas, ke devas unue okazi "konsciiĝo pri la ĉiopenetra, ne-
evitebla imperia fono." Tio, li asertas, estas "kultura fakto de eksteror-
dinara politika kiel ankaŭ interpreta graveco, kvankam oni ankoraŭ
ne agnoskas, ke ĝi estas tia en kultura kaj literatura teorio, kaj oni ĝin
rutine ĉirkaŭiras aŭ kaŝas en kulturaj diskursoj" (1993, p. 66).

Verkante pri la hodiaŭa "unu mondo" de tutmondigo, Dasgupta
skribas, ke "la plej brilaj okcidentaj mensoj sisteme evitas fari iun ajn
seriozan lingvan aŭ kulturan studadon rilate la sudon", tiel konser-
vante malnovajn simetriojn. Li kritikas la "nekonvenajn ensistemajn
normojn". Tiu ensistemigita nescio estas konsistaĵo de "la moder-
neco". Dasgupta daŭrigas: "Ĝis ĝi estos akcentita, publike agnoskita kaj
ŝanĝita, ne troviĝos ia serioza enhavo en la pretendo de la "internacia
komunumo", ke la malkoloniigo jam sukcese plenumiĝis", des malpli
komenciĝis (2014).

Por ke imperiismo sukcesu, ĝi bezonis kunlaboradon, samkiel ĝi
bezonas tion hodiaŭ. Ronald Robinson skribas: "Iu ajn nova teorio
devas agnoski, ke imperiismo estis tiom funkcio de la kunlaboro aŭ ne-
-kunlaboro de ĝiaj viktimoj – de ilia indiĝena politiko, kiom de eŭropa
ekspansio... indiĝena perado estis bezonata por malhelpi rezistadon
aŭ pluteni ĝin" (en Said 1993, p. 316).

Reakiri la universalecon el la tutmondeco

La moderna tutmondigo vendas sian propran markon de universa-
lismo kun nova amplekso kaj proprastile pretendata legitimeco. La
batalo kontraŭ tiu "tutmondigo", heredita de sklaveco kaj koloniismo,
"estus povinta esti batalo por reakiri la universalecon el la ungoj de la
tutmondeco." Nandy opinias, ke la kialo de ties malsukceso estas ke
"la rezistado al tutmondigo plejparte restas kaptita de la koloniisma
difino de universaleco" (2009, p. 123). Unu speco de dependeco jam
ekanstataŭis alian.

Kvankam la studado pri la psikologio de kulturo – kion Julia Cass-
saniti kaj Usha Menon priskribas kiel "la rilaton inter la socio kaj la

menso" – pligraviĝis depost la ekpridemando de la postlasaĵo de la koloniismo, Gandhi substrekas la konsilon de Nandy, ke "estas decidige por la postkoloniisma teorio grave pripensi la ideon de psikologia rezistado kontraŭ la civiliza misio de la koloniismo. Tiucele, ĝi bezonas historie eltiri tiujn mensodefendilojn, kiuj helpis al ĝi renversi la Okcidenton "en modere manipuleblan vektoron" ene de la tradiciaj mondrigardoj ankoraŭ ekster la spano de modernaj ideoj pri universalismo" (Cassaniti kaj Menon 2017, p. 13; Gandhi 1998, p. 17; Nandy 1983, p. xiii).

La rigardo de Gandhi pri la fenomeno de "kultura emancipiĝo" estas interesa. Ŝi skribas: "Postkoloniismaj literaturaj kritikistoj konsentas, ke verkistoj kiel [Raja] Rao – malkiel Ngũgĩ – estas modelaj pro sia rifuzo nur anstataŭigi okcidentan paradigmon per ĝia neokcidenta paralelaĵo. Dum la "mokimita" modo de Rao subfosas la aŭtoritaton de imperiisma teksteco, ĝi ankaŭ antaŭĉesigas, unufoje por ĉiam, iun apelacion al "aŭtenta" aŭ "esenca" barateco. Tiel lokita kiel la ikona emblemo de malpreciza hibrideco, la kontraŭkoloniisma verkisto naciisma estas nun avide absorbita en taksadon pri triamonda kulturnaciismo" (1998, p. 151). Nu, almenaŭ ĝis tiu punkto!

Ankaŭ Spivak avertas nin "kontraŭ kelkaj el la tro facilaj polusigoj "Okcidento-kaj-la-aliaj" foje svarmantaj en diskursostudoj pri koloniismo kaj postkoloniismo." Laŭ ŝi, "tia polusigo estas tro multe legitimigo per renverso de la koloniisma sinteno mem" (1999, p. 39). Tamen montriĝas ne malmulte strange pri la kritiko de Gandhi, ke Ngũgĩ esence deziras tion, kion ŝi volas, nome la edukan kaj kulturan uzadon de lingvoj lokaj, regionaj kaj naciaj. Spite tion, ambaŭ restas simile katenitaj al la koloniista imperativo de la heredita uzado de la angla por pli vasta komunikado.

Ĉu necesas ripetadi la komparon de Ngũgĩ inter la literaturaj situacioj en Afriko kaj Eŭropo? "Estas preskaŭ kvazaŭ, elektinte verki en la gikuja lingvo, mi farus ion nenormalan. Sed la gikuja estas mia gepatra lingvo!" (1986, p. 27). Ngũgĩ faras nur tion, kion iu ajn eŭropano farus sendiskute, tamen ĉar li estas afrikano li devas toleri malaprobadon pro tiel natura farmaniero – kritikata egale de azianoj, afrikanoj kaj eŭropanoj. Tiom da objektiva senpartieco!

Necesas demandi sin, kion signifas "malpreciza hibrideco". Ĉu tio ne similas al la Kantia nocio de universala homo, en si mem laŭdinda, tamen limigita kaj ligita per sia medio? Ĝi anstataŭas "la etnocentrajn supozojn de metropolitena kulturo" (Gandhi 1998, p. 154) per alpreno de kapitalismo, nov-imperiismo, kultura superrego. Plie, la pozicio kaj influo de la angla ne kompareblas kun, ni diru, tiu de indiĝena afrika verkisto en Angolo, kiu elektas verki en la ekskolonia lingvo la portugala, ĉar la nuntempa monda rolo de la angla, pro ĝiaj ekonomia statuso kaj ĉieesto, laŭfunkcie diferencas disde tiu de aliaj ekskoloniaj lingvoj, eĉ de tiu de la franca.

Ni jam notis la komenton de Gandhi, ke Rao elektis la anglan kiel sian komunikilon, ĉar ĝi estas "oportuna", sendube ekonomie oportuna. Monaj motivoj kuŝas ĉe la radiko de ĉiuj imperiismaj penadoj.

Kun kiu ni identigas nin? Ni povas demandi, sed ni ne povas elskribi aŭ enklaki niajn pensojn en iu ajn lingvo laŭ nia elekto. Nian elekteblecon limigas nia sorto kultura kaj financa, niaj edukado kaj klerigado. Ĉu daŭrado de koloniisma kulturo kaj koloniismaj sintenoj plenumas niajn bezonojn, aŭ ĉu troviĝas alia, pli bona elekto, kiu, en la vortoj de Said, "malobservas la enfermon fare de ortodoksismoj imperiismaj kaj provincaj"?

Bibliografio

Ahmad, A. (1992): *In Theory: Classes, Nations, Literatures.* Londono/Nov-Jorko: Verso.

Appiah, K. A. (2006): *Cosmopolitanism: Ethics in a World of Strangers.* Nov-Jorko: Norton.

Arnott, J. (1991): "French Feminism in a South African Frame?: Gayatri Spivak and the Problem of "Representation" en South African Feminism" en *Pretexts 3*; p. 118–28.

Bhabha, H. K. (1994): *The Location of Culture.* Londono/Nov-Jorko: Routledge.

Casanova, P. (2004): *The World Republic of Letters.* Kembriĝo, MA: Harvard University Press. Trad. M. B. DeBevoise. *La république mondiale des lettres.* Parizo: Seuil, 1999.

Cassaniti, J. L. kaj U. Menon (red.) (2017): *Universalism without Uniformity. Explorations in Mind and Culture.* Ĉikago kaj Londono: University of Chicago Press.

Césaire, A. (1972): *Discourse on Colonialism.* Elfrancigis J. Pinkham. Nov-Jorko kaj Londono: Monthly Review Press.

Chatterjee, P. (1986; 1993): *Nationalist Thought and the Colonial World: A Derivative Discourse.* Londono: Zed; Delhio: Oxford University Press.

Chatterjee, P. (1987): *The Nationalist Resolution of the Women's Question*. Kalkato: Centre for Studies in Social Sciences (occasional paper 94).

Dasgupta, P. (2014): "Judges and Grammarians in Britain's Liberal Pedagogic Performance: A Diglossic Approach to Colonial Bengal" en *Droit et Cultures* 67, p. 151–86.

Dirlik, A. (1996): "The Global and the Local" en R. Wilson kaj W. Dissanayake (red.) *Global/Local: Cultural Production and the Transnational Imaginary*. Durham, NC: Duke University Press.

Eagleton, T. F. (1978): *Criticism and Ideology: A Study in Marxist Literary Theory*. Londono: Verso Editions.

Elias, N. (2000): *The Civilizing Process: Sociogenetic and Psychogenetic Investigations*. Oxford: Blackwell. Eld. unue kiel *Über den Prozeß der Zivilisation*, 1939.

Fanon, F. (1965): *The Wretched of the Earth*. Harmondsworth: Penguin, 1990. Eld. unue kiel *Les Damnés de la terre*, 1961.

Foucault. M. (red. C. Gordon) (1980): *Power/Knowledge: Selected Interviews and Other Writings 1972–1977*. Hertfordshire: Harvester Press.

Foucault. M. (1984): "What is Enlightenment" en *The Foucault Reader*. Nov-Jorko: Pantheon; p. 32–50.

Gandhi, L. (1998): *Postcolonial Theory: A Critical Introduction*. Nov-Jorko: Columbia University Press.

Guha, R. (red.) (1982): *Subaltern Studies*, vol. 1. Delhio: Oxford University Press.

Harris, W. (1973): *Tradition, the Writer and Society*. Londono: New Beacon.

Hobsbawm, E. J. (1972): *Class Consciousness in History* en I. Mészáros (red.) (1972): *Aspects of History and Class Consciousness*. Nov-Jorko: Herder; p. 5–21.

Huntington, S.P. (2011): *The Clash of Civilizations and the Remaking of World Order*. Nov-Jorko: Simon kaj Schuster.

Mannheim, K. (1945, 3a eld.): *Diagnosis of Our Time: Wartime Essays of a Sociologist*. Londono: Kegan Paul.

Mannoni, O. (1990): *Prospero and Caliban: The Psychology of Colonization*. Ann Arbor, MI: University of Michigan Press. Eld. unue kiel *Psychologie de la colonisation*. Parizo: Seuil 1950.

Manzano-Arrondo, V. kaj Torrego Egido, L. (2009): "Tres modelos para la Universidad" en *Revista de Educación*, 350. sep.–dec.; p. 477–89.

Memmi, A. (1968): *Dominated Man: Notes Towards a Portrait*. Londono: Orion Press. Eld. unue kiel *L'homme dominé*. Parizo: Payot, 1968.

Nandy, A. (2009 ed.): *The Intimate Enemy: Loss and Recovery of Self under Colonialism*. Delhi: Oxford University Press.

Ngũgĩ wa Thiong'o (1986): *Decolonising the Mind: The Politics of Language in African Literature*. Oxford: James Currey; Nairobi: EAEP; Portsmouth, NH: Heinemann, 2005.

Orwell, G. (1970) (ed. S. Orwell kaj I. Angus): *The Collected Essays, Journalism and Letters of George Orwell. My Country Right or Left 1940–1943*. Vol. II. Harmondsworth: Penguin.

Piron, C. (1987): "Esperanto, formo de humanismo" in A.-M. Bernal (ed.) *Serta gratulatoria in honorem Juan Régulo:…* Vol. II. La Laguna: Universidad de la Laguna; p. 571–8.

Said, E. W. (1983): *The World, the Text, and the Critic*. Kembriĝo, MA: Harvard University Press.

Said, E. W. (1984): "Permission to Narrate" en *London Review of Books*, 16 feb.

Said, E. W. (1991 [1978]): *Orientalism: Western Conceptions of the Orient*. Harmondsworth: Penguin.

Said, E. W. (1993): *Culture and Imperialism*. Londono: Chatto kaj Windus.

Shakespeare, W. (1970): *La tempesto*. Elangligis K. Kalocsay. La Laguna: Régulo/Stafeto.

Spivak, G. (1988): "Can the Subaltern Speak? (1985), represita en *Marxist Interpretations of Culture*, red. C. Nelson kaj L. Grossberg. Basingstoke: Macmillan Education; p. 271–313.

Spivak, G. (1990): *The Postcolonial Critic: Interviews, Strategies, Dialogues*. Nov-Jorko: Routledge.

Spivak, G. (1999): *A Critique of Postcolonial Reason: Toward a History of the Vanishing Present*. Kembriĝo, MA/Londono: Harvard University Press.

Sugirtharajah, R. S. (ed.) (1999): *Vernacular Hermeneutics*. Sheffield: Sheffield Academic Press.

Taylor, P. (1989): *The Narrative of Liberation: Perspectives on Afro-Caribbean Literature, Popular Culture, and Politics*. Ithaca kaj Londono: Cornell University Press.

Thornton, A. P. (1985): *The Imperial Idea and Its Enemies: A Study in British Power*. Londono: Palgrave Macmillan.

Tonkin, H. (2018): "Esperanto kaj monda literaturo" in *En la mondon venis nova lingvo. Festlibro por la 75-jariĝo de Ulrich Lins*. Nov-Jorko: Mondial; p. 542–79.

Viswanathan, G. (2015): *Masks of Conquest: Literary Study and British Rule in India*. Nov-Jorko: Columbia University Press.

Wallerstein, I. (1982): "Crisis as Transition" en S. Amin, G. Arrighi, A. G. Frank, I. Wallerstein: *Dynamics of Global Crisis.* Nov-Jorko: Monthly Review.

West, G. O. (1999): "Local is Lekker, but Ubuntu is Best: Indigenous Resources from a South African Perspective" en Sugirtharajah (1999).

Williams, B. (1981): *Moral Luck: Philosophical Papers 1973–1980.* Kembriĝo: Cambridge University Press.

Hitler kaj amo al virinoj

Adolf Hitler estis unu el la plej fiaj diktatoroj en la homa historio, krimulo de preskaŭ nekredebla skalo. Aliflanke li estis ankaŭ homo, kiu dumtempe allogis milionojn da virinoj: ne pro sia iomete komika ĉaplineca aspekto, sed pro siaj potenco kaj domina karaktero.

Libro de la kimra historiisto Phil Carradice, *Hitler and His Women*[1], provas espłori tiun temon. Laŭ la aŭtoro, la apogo de adorantaj virinoj estis nepra elemento de la mito, kiu ebligis, ke Hitler preskaŭ senopozicie regu Germanion dum 12 jaroj.

Opinioj tre varias pri rilatoj inter la *Führer* kaj virinoj. Oficiale li estis "edzigita al Germanio" kaj ne bezonis erotikajn rilatojn, sed laŭ iuj indikoj li estis sekse perversia en masoĥisma maniero. Aliaj esploristoj asertas, ke almenaŭ tiukampe Hitler estis "normala" kaj ofte aktiva.

Ĉiuj konsentas, ke Hitler vivis ne en la vera mondo sed en mondo, kiun li mem kreis (kaj Goebbels kaj aliaj propagandistoj helpis lin krei ĝin). La dekkelkjara Hitler rilatis en tre stranga maniero al sia unua amatino, se ni povas kredi la raporton de August Kubizek[2] pri Stefanie[3] Isak.

Du aŭ tri vesperojn ĉiusemajne Stefanie promenadis, senescepte kun sia vidvina patrino kaj foje ankaŭ kun sia frato. Preskaŭ ĉiufoje, kiam ŝi elpaŝis sur la stratojn de Linz, Hitler kutimis stari tie sur la trotuaro por rigardi ŝin preterpasi. Stefanie rimarkis lian konstantecon, sed nek ŝi nek li faris pluajn paŝojn. Hitler sciis, ke kiel juna, nematura kaj neimpresa adoleskanto li ne povas rivali la oficirojn de la Imperio en bele tajloritaj kaj mirige buntaj uniformoj. Kontraste al ili, li estis nur pala, magrakorpa civilulo.

---

1 *Hitler and His Women*, Pen & Sword Books, Barnsley, 2021
2 La aŭtoro uzis la neĝustan formon Kubrizek.
3 La aŭtoro uzis la formon "Stephanie".

Tre ofte Stefanie preteriris lin sen eĉ konscii, ke li ĉeestas. Kiam tio okazis, Hitler estis kolerega, kvankam lia kolero estis direktata ne al la knabino sed al la oficiroj. "Vantaj ŝtipkapuloj" li nomis ilin...

Neniu argumento persvadis Hitler, ke li alparolu Stefanie. Kiam Kubizek proponis tion, Hitler furiozis kaj venĝis sin per la komento, ke lia amiko simple ne komprenas la eksterordinaran amon ekzistantan inter li kaj la knabino. Li estis konvinkita, ke ŝi havas la saman opinion pri ĉio kaj do ne necesas, ke li parolu kun ŝi. Ŝi ja scias, kion li sentas kaj pensas. Li adoros ŝin de malproksime.

Tamen li erupciis en paroksismoj de brulanta ĵaluzo, se li vidis ŝin paroli tro vigle aŭ tro malkaŝe koketi kun oficiro. Iom poste li ŝanĝis sian vidpunkton – ŝia konduto, li diris, estas intenca, ruzo por maski ŝiajn sentojn pri li. Sed se tio ripetiĝis, se ŝi ignoris lin, la aferoj subite ŝanĝiĝis – li estis preta por sin mortigi... li sin mortigos per salto en riveron... sed nur se Stefanie pretos morti kun li.

Kiam foje Stefanie agnoskis lian ĉeeston, Hitler ĝojegis. En junio 1906 dum la ĉiujara florfestivalo en Linz, ŝi sin klinis tra fenestro de sia kaleŝo kaj, preterpasante, ĵetis al li floron. Estis nenio pli ol hazarda, senpripensa gesto, sed la interpreto de Hitler estis tute alia. "Ŝi amas min," li deklaris, "ŝi amas min." Kaj li faldis la floron kaj konservis ĝin dum multaj jaroj por priadori...

Frenezan planon forrabi la knabinon kaj tiam mortigi ŝin kaj sin mem, bonŝance almenaŭ por Stefanie, li ne plenumis. Hitler devis kontentiĝi per starado ĉe stratangulo, atendante, ke lia amata idealo de beleco preterpasos.[4]

Tiu mondfora junulo, kiel ni scias, evoluis. En la fruaj 1920-aj jaroj, kiam li estis kruda antisemita agitanto, kelkaj virinoj de la supraj klasoj, s-ino Bechstein kaj Winifred Wagner kaj aliaj "kvazaŭ-patrinoj" en Munkeno, adoptis kaj dresis lin konduti tiel, ke altburĝaj domoj akceptu lin. Li postlasis la inhibiciojn de la flavbeka junulo Hitler, kaj plej probable iĝis jupĉasanto. Carradice pritraktas longan serion da virinoj, kun kiuj Hitler eble seksumis (kaj almenaŭ foje agis masoĥisme). Aktorinoj estis inter liaj plej ŝatataj provizoraj partnerinoj.

Sed la virinoj, kiuj enamiĝis al Hitler, neniam estis bonsortaj. Li uzis

---

4 Paĝoj 46-47

ilin kaj sen bedaŭro senigis sin je ili laŭ politika bezono aŭ simple ĉar nova virino allogis lin. Konata estas la sorto de lia nevino Geli Raubal, kiun la onklo certe privoluptis sed ankaŭ humiligis kaj kruele dominadis kaj malliberigis en sia hotelĉambro, ĝis ŝi metis finon al sia vivo per pistolo de *Onkel Alf.*

Konata estas ankaŭ la sorto de Eva Braun, kiu dum dek kvar jaroj ĝojis aŭ suferis pro la viro, kiun ŝi tre amis. Sed preskaŭ ĝis la amara fino, kiam Hitler edzinigis ŝin antaŭ ol ili ambaŭ suicidis, Eva estis forkaŝata de la publiko. Ŝia amato estis la edzo de "Germanio", ne la kunkoitanto de beleta sed ne tre inteligenta junulino. Same kiel Geli sed malpli sukcese, Eva provis mortigi sin, eble nur por atentigi pri la multaj periodoj de neglekto, kiujn ŝi trasuferis. Fine ŝi atingis la efemeran ĝojon esti lia oficiala edzino.

Carradice atentigas pri la ironio, ke la "filozofio" de naziismo postulis, ke virinoj dediĉu sin al infanoj, preĝejo kaj kuirejo, sed la movado, aŭ almenaŭ ĝia estro, ĝuis popularecon inter virinoj de ĉiuj sociaj klasoj, pli ol inter viroj. Nek Rudolfo Valentino nek Clark Gable, la tiamaj holivudaj idoloj, ĝuis tiom da adorado de ĝojkriaj virinoj, kio spronis la memfidon de la germana estro – kaj alportis nedireblan malbonon al la tuta mondo.

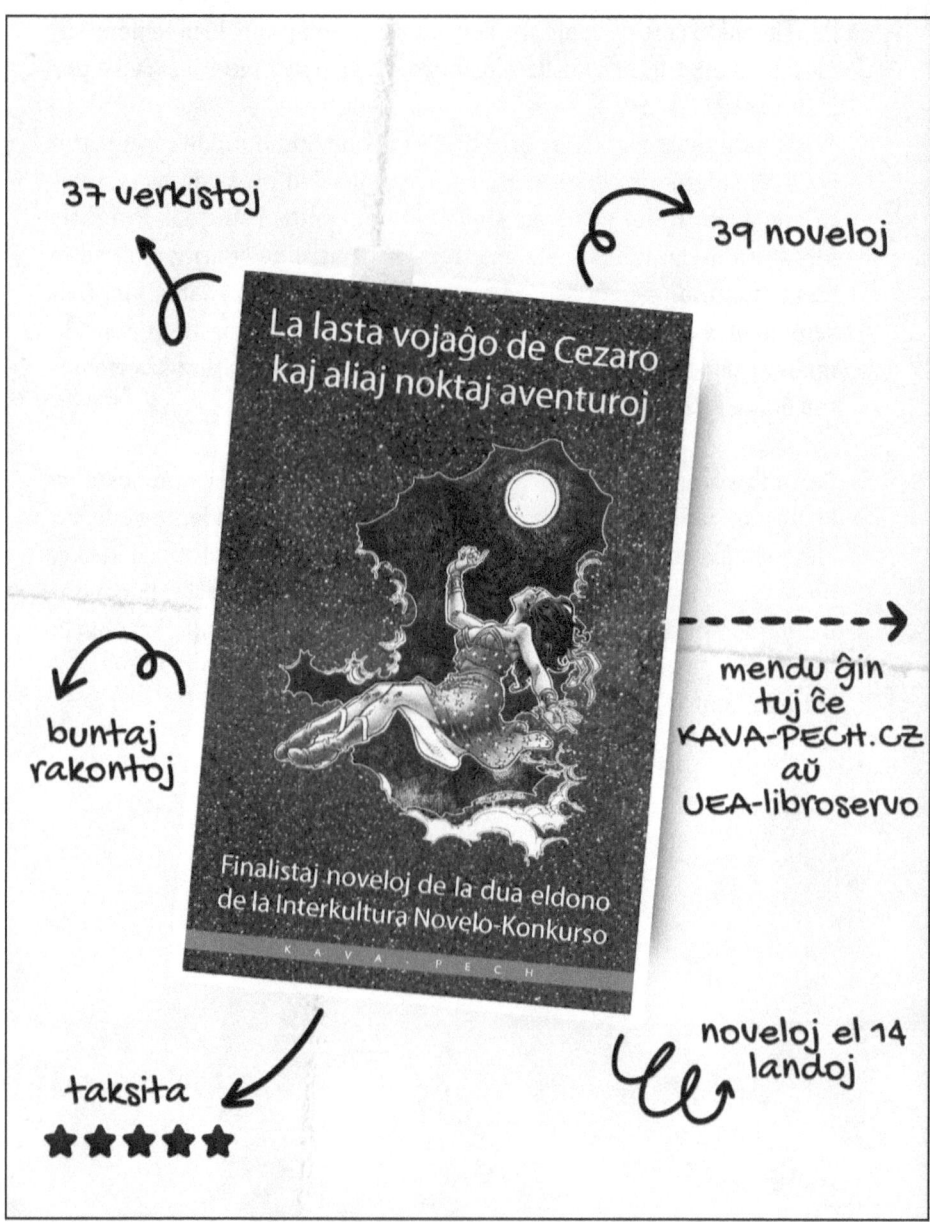

37 verkistoj

39 noveloj

buntaj
rakontoj

La lasta vojaĝo de Cezaro
kaj aliaj noktaj aventuroj

Finalistaj noveloj de la dua eldono
de la Interkultura Novelo-Konkurso

KAVA-PECH

mendu ĝin
tuj ĉe
KAVA-PECH.CZ
aŭ
UEA-libroservo

noveloj el 14
landoj

taksita
★★★★★

Ĉu surprizas, ke *solisto* ne inklinas al kunlaboro de *orkestro*?

112

de Jan P. Sandel

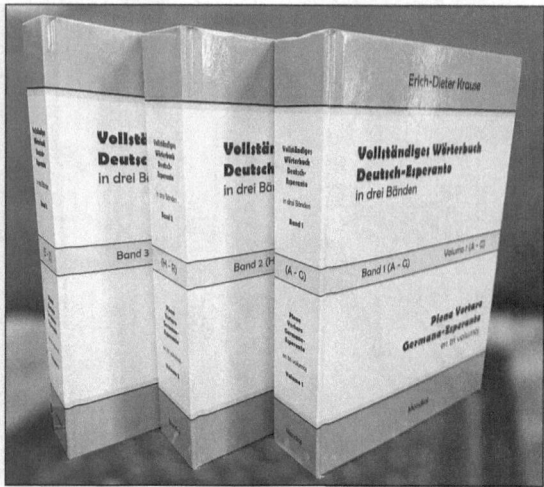

Plena Vortaro Germana-Esperanto en tri volumoj / Vollständiges Wörterbuch Deutsch-Esperanto in drei Bänden, de Erich-Dieter Krause, Mondial, Novjorko, 2023, 876+910+758 p., ISBN 9781595694447.

La elstara filologo (ĉinologo kaj indoneziisto) kaj biblioteko-sciencisto Erich-Dieter Krause († la 18-an de Oktobro 2023), emerita profesoro pri indoneziistiko ĉe la Orientazia Instituto de la universitato de Lepsiko, membro de la Centra Estraro de la Esperanto-Asocio de GDR, membro de la Akademio de Esperanto (ekde 1986) kaj membro de la redakta komitato de la revuo *Esperantologio/Esperanto Studies* (ekde 1998), naskiĝis la 12-an de Aprilo 1935 en la saksa urbo Auerbach.

Li estis do baldaŭ finonta sian 88-an vivojaron, kiam, en la printempo de 2023, la lasta eldono de lia tradiciriĉa dulingva vortaro aperis sub la iom pretenda titolo *Vollständiges Wörterbuch Deutsch-Esperanto in drei Bänden/Plena Vortaro Germana-Esperanto en tri volumoj* kun 250 miloj da leksikaj unuoj ĉe Mondial en Novjorko. Dum 76 el ĉi tiuj 88 jaroj, nome ekde la knabaĝa esperantistiĝo en 1947, li dediĉis sin pli kaj pli fruktodone al la Lingvo Internacia. Pro la impona abundo da altvaloraj leksikografiaj kontribuaĵoj, li laŭmerite estas akirinta la renomon de unu el la plej eminentaj vortaristoj de la movado. Mi ne hezitas aserti, ke lia ampleksa dulingva vortaro estas nemalhavebla por tradukemuloj inter la germanlingvaj samideanoj.

La unua eldono de lia Vortaro Germana-Esperanto (*Wörterbuch Deutsch-Esperanto*) aperis en 1983 ĉe la eldonejo Enzyklopädie en Lepsiko kaj ampleksis 40 milojn da leksikaj unuoj. La antaŭlastan eldonon, kiu ampleksis 160 milojn da leksikaj unuoj kaj aperis en la printempo de 2007 ĉe Buske en Hamburgo sub la titolo *Großes Wörterbuch Deutsch-Esperanto/Granda Vortaro Germana-Esperanto*, tiutempe recenzis tri bone konataj movadanoj: la matematikisto Ulrich Matthias ("Vortaro peza, utilo meza", prelego kadre de la 3-a Visbadena Esperanto-Tago, la 17-an de Junio 2007), la matematikisto kaj komputila lingvisto Petro Desmet' ("La dika Krause? ... kredu min, sinjorino!", *Monato*, 2007/10) kaj la filologo Reinhard Haupenthal ("Pli da mavo ol da bono", *La Ondo de Esperanto*, 2008/n-ro 3/161).

La kritiko fare de Matthias sendube konstituis ne nur la unuan, sed ankaŭ la plej profundan, plej ampleksan kaj, tial, plej signifoplenan pritrakton. Rilate la lastan eldonon mi esploris la troveblecon de tiuj kapvortoj, kiuj estis entute mankantaj aŭ eĉ senbezonaj laŭ la recenzintoj, same kiel la staton de tiuj tradukoj, kiujn la recenzintoj trovis aŭ iusence mankohavaj aŭ eĉ tute maltrafaj.

Bedaŭrinde la vortaro estas denove havebla nur kiel presaĵo, sed ne en formo elektronika, kiu permesus sisteman analizon de la leksikografia materialo. Tiu frapanta manko devigas ĉiujn recenzantojn, nun kiel antaŭe, bazi la taksadon solsole sur selekta traserĉado de la vortaro.

1. Ulrich Matthias: "Vortaro peza, utilo meza"

1.1 Mankantaj kapvortoj *(25/36 = 69% el ĉi tiuj mankoj estas forigitaj)*

Germana kapvorto	Proponoj	Mondial 2023
Achterbahn	onda fervojo	*reltobogano (suronda fera vojo)*
Altersteilzeit	antaŭpensia partatempa laboro	[---]
altkatholisch	prakatolika	*malnovkatolika*
Barwert	aktuala valoro; kontanta valoro	*kontanta valoro*
Bausparen/Bausparvertrag	konstrua ŝparado	*ŝparkontrakto por financado de (konstruo de) loĝdomo*

Berufsunfähigkeits-versicherung	asekuro pri malkapablo plu labori en difinita profesio	[---]
Börsengang	alborsiĝo; unuafoja emisiado de akcioj; unuafoja publika ofertado	[---]
Browser	TTT-legilo	*TTT-legilo; retfoliumilo*
Bundesverdienst-kreuz	Federacia Meritkruco	*federacia meritkruco (de Germanio)*
Direktversicherung	entreprena vivasekuro	[---]
Einzugsermächti-gung	debetpermeso	*debetpermeso*
Elternzeit	gepatra forpermeso	[---]
Entgeltumwandlung	prokrastita salajrado; ŝanĝo de salajro kontraŭ pensio	[---]
Europa-AG	Eŭropa Akcia Kompanio	[---]
Fernleihe	interbiblioteka pruntado	*interbiblioteka prunto(servo)*
Fronleichnam	kristokorpa festo	*kristokorpa festo; (festo de) Korpo de Kristo*
Geschäftsbericht	jara raporto	[---]
Hauptschule	baza mezlernejo	*baza mezlernejo*
herunterladen	elŝuti	*elŝuti*
klicken	kliki	*(al)klaki; kliksoni*
Krankensalbung/ Ölung, Letzte	sanktoleado de malsanuloj	*lasta unktado; sanktoleado*
Kurhaus	kuracloka domo	*kuracloka terapiejo; kuracdomo*
Laudes/Morgenhore	matena laŭdo	*matena laŭdo*
Leistungsempfänger	ricevanto de servo; ricevanto de subteno	[---]
Müsli	grenkaĉo; muslio	*muslio*
online	konektita; enreta; surreta	*enreta; konektita*
Pflegeversicherung	flega asekuro	[---]
Rechtsstaat	konstitucie jura ŝtato	*konstitucie jura ŝtato*
Rückstellung	rezervo	*rezervo*
Sozialleistungen	socialaj avantaĝoj	*socialaj prestoj*
Sperrmüll	grandampleksa rubo	*grandampleksa (grandpeca) rubo*
Sterbetafel	mortotabelo	*tabelo de mortintoj* [!]

Stundengebet	liturgio de la horoj	*horpreĝo*
Toner	printila inko	*printila inko*
vermögenswirksame Leistungen	salajra aldono por ŝparado	[---]
Workshop	laborgrupo	*(temo-orientita) laborgrupo; seminario*

1.2 __Senbezonaj kapvortoj__ *(neniu el ĉi tiuj raraĵoj aŭ deriveblaĵoj estas forlasita)*

Germana kapvorto	Kialo de senbezoneco	Mondial 2023
Chezroniter (ĥecronidoj)	raraĵo	ĥecronidoj
ficken: im Stehen ficken (starante fiki)	derivebla de "stari"	starante fiki
Kurpfuscherei (ĉarlataneco)	derivebla de "ĉarlatano"	ĉarlataneco
kurpfuscherisch (ĉarlatana)	derivebla de "ĉarlatano"	ĉarlatana
Leistungsherz (atlet-koro)	raraĵo	atlet-koro
Schwarzbraunelle (nigragorĝa pronelo)	raraĵo	nigragorĝa pronelo
Schwarzschuppenröhrling (strobilforma boleto)	raraĵo	strobilforma boleto
Tigerin (tigrino)	derivebla de "tigro"	tigrino
Weinlaubgiraffe/Massaigiraffe (masaja ĝirafo)	raraĵo	masaja ĝirafo

1.3 __Mankohavaj tradukoj__ *(1/3 = 33% el ĉi tiuj mankohavaj tradukoj ricevis aldonon)*

Germana kapvorto	Buske 2007	Proponita aldono	Mondial 2023
Alltag	ordinara tago; labortago	ĉiutaga vivo	ordinara tago; labortago; *ĉiutaga vivo*
Leistung	labor(kvant)o; faro; rezulto; verko; presto; scipovo; konoj; sukceso; povumo; kapacito	servo; subteno	labor(kvant)o; faro; rezulto; verko; presto; scipovo; konoj; sukceso; povumo; kapacito
Leitbild	modelo; idealo	gvidprincipoj	modelo; idealo

1.4 Maltrafaj tradukoj *(1/4 = 25% el ĉi tiuj maltrafaj tradukoj estas korektitaj)*

Germana kapvorto	Buske 2007	Proponita korekto	Mondial 2023
Ich-AG	unupersona firmo verkoj	subvenciata eta firmao, kiun senlaborulo rajtis fondi en Germanio inter Januaro 2003 kaj Junio 2006	unupersona firmo
Kirchentag	sinodo	eklezia foiro	sinodo
Lektionar	lekcionario	legaĵaro	lekcionario
Versiche-rungsnehmer	asekurato; asekurito [= Versicherter]	asekurpreninto; polistenanto	*asekurpreninto*

1.5 Resumo *(citaĵo)*

"Se oni komencas provlegi ĝin, oni rapide konvinkiĝas, ke ĉirkaŭ 99% de la kapvortoj estas tre bone tradukitaj. [...] Malgraŭ ĉia kritiko, la granda Krause estas, se ni rigardas ĝin kiel verkon de unuopulo, grandioza verko. [...] Krause faris tiom, kiom unu homo kapablas. Sed certe ni povas kritiki lin pro tio, ke li evidente ne serĉis la kunlaboron kun esperantistoj, kiuj profunde konas la terminologion el plej diversaj fakoj. Miaopinie oni povus forstreki el la vortarego duonon de ĝia enhavo, ĉar temas pri vortoj, kiujn oni tre malofte uzas en la germana, aŭ pri derivaĵoj aŭ vortkunmetoj, kiujn oni povas – kun bazaj scioj de Esperanto – mem konstrui. Aliflanke, indus aldoni dekmilon da vortoj, kiuj foje, aŭ eĉ ofte, estus utilaj."

2. Petro Desmet': "La dika Krause? ... kredu min, sinjorino!"

2.1 Mankohavaj tradukoj *(1/5 = 20% el ĉi tiuj mankohavaj tradukoj ricevis aldonon)*

Germana kapvorto	Buske 2007	Proponita aldono	Mondial 2023
Eselsohr	faldita angulo de libropaĝo	ĉifonita angulo de libropaĝo; korno; refaldo	faldita angulo de libropaĝo
hinter: er hat viel hinter sich	li travivis multon (malbonan en sia vivo)	[Zamenhofaj proverboj]	li travivis multon (malbonan en sia vivo)

Katze	kato; katino	kavaliero	kato; katino; *kavaliero*
Kopf: den Kopf in den Sand stecken	ŝovi la (sian) kapon en la sablon	enŝovi strute sian kapon en la sablon; strute fermi la okulojn antaŭ la faktoj	ŝovi la (sian) kapon en la sablon
taugen: er taugt zu nichts	li taŭgas por nenio	li taŭgas nek por studo, nek por ludo; li taŭgas nek por baki, nek por haki	li taŭgas por nenio

2.2 **Eraro** *(la erare transprenita indoneziaĵo estas anstataŭigita per Esperanta esprimo)*

Germana kapvorto	Buske 2007	Proponita korekto	Mondial 2023
holde Weiblichkeit	kaum Hawa [!]	[---]	*la bela sekso*

2.3 **Resumo** *(citaĵo)*

"Konkludo: Havinda verko, malgraŭ ĝia, tamen, tro alta nelogika prezo. Duono estus certe pli logika, se oni komparas kun similaj verkoj. Kaj... ĝi absolute estas malpli vasta, malpli kvalita ol la hispana de Fernando de Diego kaj la itala de Carlo Minnaja! Tamen bona verko, valora verko, kvankam nepre plibonigenda! Ni fiere montru ĝin al la ekstera mondo kaj dece prisilentu ĝiajn mankojn."

3. Reinhard Haupenthal: "Pli da mavo ol da bono"

3.1 **Mankantaj kapvortoj** *(6/14 = 43% el ĉi tiuj mankoj estas forigitaj)*

Germana kapvorto	Propono	Mondial 2023
Allgäu	Algovio	*Algovio*
Anstandswauwau	ŝaperono	[---]
Callgirl	[---]	*vokvirino; teleputino*
Dick und Doof	[---]	[---]
Eroscenter	grand-bordelo	[---]
FKK-Klub	kluba megabordelo	[---]
Fronleichnam	kristkorpa festo	*kristokorpa festo; (festo de) Korpo de Kristo*

GAU [= größter anzunehmender Unfall]	nuklea katastrofo	[---]
Holle, Frau	Sinjorino Sambuk'	*Sinjorino Holle*
Maultaschen	ŝvabaj ravioloj	*ŝvabaj ravioloj*
Mischbatterie/ Mischarmatur	mikskrano	*mikskrano*
Rübezahl	gigantmontarulo	[---]
Streuselkuchen	krumela kuko [?]	[---]
Tünnes und Schäl	Toĉjo kaj Strabul'	[---]

3.2 Mankohavaj tradukoj *(5/11 = 45% el ĉi tiuj mankohavaj tradukoj ricevis aldonon)*

Germana kapvorto	Buske 2007	Proponita aldono	Mondial 2023
Altweibersommer	somero de Sankta Marteno	filigrana, indiana somero [?]	somero de Sankta Marteno; *postsomero*
basteln	metie amatori	brikoli	metie amatori
blasen	trumpeti; ludi; blovi	midzi; penissuĉi	trumpeti; ludi; blovi; *midzi; kacosuĉi*
Bordell	bordelo; putinejo	fikejo; fotrejo [?]; fornikejo [?]	bordelo; putinejo; *amordomo*
Fotze	piĉo; fiktruo	buŝino [?]; ĉiĉo [?]	piĉo; fiktruo
lecken	leki	frandzi; vulvosuĉi	leki; *frandzi; piĉleki*
Muschi	piĉo; fiktruo [= Fotze]	buĥto; kundo [?]	piĉ(et)o; *buĥto*
Neunundsechzig (= soixante-neuf)	sesdeknaŭo	sesdeknaŭumi; frandzi; midzi	sesdeknaŭo
salopp	leĝera; neglekta; senzorga; senĝena	vulgara	leĝera; neglekta; senzorga; senĝena
Stilblüte	(komike efikanta) lingvaĵa maltrafo	katakrezo	(komike efikanta) lingvaĵa maltrafo
Teppichboden	tapiŝo kovranta la plankon de la tuta ĉambro; tapiŝplanko	mokedo	tapiŝo kovranta la plankon de la tuta ĉambro; tapiŝplanko

3.3 Maltrafaj tradukoj *(1/4 = 25% el ĉi tiuj maltrafaj tradukoj estas korektitaj)*

Germana kapvorto	Buske 2007	Proponita korekto	Mondial 2023
Appetit-zügler	piloj [!] kontraŭ malsato	[---]	*apetitreduktilo; piloloj* kontraŭ malsato
Kalkputz	kalkpuco	[---]	kalkpuco
Puff	prostituejo; bordelo	fikejo; fotrejo [?]; fornikejo [?]	prostituejo; bordelo
Weinstraße	vinstrato	vinvojo	vinstrato

3.4 Eraro *(la erare transprenita indoneziaĵo estas anstataŭigita per Esperanta esprimo)*

Germana kapvorto	Buske 2007	Proponita korekto	Mondial 2023
holde Weiblichkeit	kaum Hawa [!]	niaj ĉarmaj damoj	*la bela sekso*

3.5 Resumo *(citaĵo)*

"Konkludo: La amplekso de la vortaro ne garantias pri la enesto de tre elementaj ĉiutagaj vortoj. Vortarojn de tia kalibro ne povas fari unuopuloj. Efektive necesus unue plene registri la Esperantan vorttrezoron (PIV estas nesufiĉa kaj arbitra selekto), ĝin traduki kaj poste inversigi. La vortaro de Wüster, se kompleta kaj ĝisdatigita, permesus tian procedon. Krause tro ofte inventas, lia vortaro ne respegulas la efektive ekzistantan lingvon, ĝi estas kabineta solvo de homo teoriumanta kaj sekve fantaziaĵo. En sia nuna formo ĝi faras pli da mavo ol da bono."

Memkompreneble neniu aŭtoro inklinas senkondiĉe akcepti ĉiajn "plibonigojn" proponitajn de recenzintoj, precipe se tiaj konsiloj ne estis petitaj. Laŭsperte, nepetitaj konsiloj kutime suferas la merititan sorton, ke ili preskaŭ neeviteble elvokas certan rezerviĝemon ĉe la adresito, precipe se ili estas prezentitaj kun sufiĉe malrespekta tono. Haupenthal, ekzemple, neĝentile atentigis pri evidenta miskompreniĝo en la komunikado kun Krause ("Kiam okaze de la apero de antaŭa vortaro mi riproĉis al Krause la mankon de skatologia vort-trezoro, li obĵetis, ke ja enestas... skat-terminoj!"). Tia komunika konduto alportas la riskon, ke ĉia bonvola konsidero de la faritaj proponoj reduktiĝos al nulo, senrigarde al ilia kvalito.

Sekve estas kompreneble, se ankaŭ vortaristo renkontas tiajn proponojn pri "plibonigo" kun alta grado de skeptikeco – ĉu temas pri supozeble mankohavaj tradukoj aŭ pri asertite tute maltrafaj esperantigoj. Salubra dubo tiusence gardas kontraŭ la danĝero de senpripensa "misplibonigo".

Mi mem pridubas la taŭgecon de kelkaj neologismaj esperantigoj, kiujn proponis Haupenthal: "krumela kuko" por *Streuselkuchen*, "filigrana, indiana somero" por *Altweibersommer*, same kiel "fotrejo/fornikejo" por *Puff* aŭ "buŝino/ĉiĉo/kundo" por *Muschi*. La propono "mokedo" por *Teppichboden*, aliflanke, sekvas la elturniĝon, kiun Zamenhof mem rekomendis en siaj Lingvaj Respondoj pri teknikaj vortaroj (Lingvo Internacia 1896): "Se vi dubas, ĉu la bezonata vorto estas uzata en ĉiuj lingvoj egale aŭ malegale [t.e. ĉu la vorto estas jam per si mem internacia], vi povas simple preni la vorton el la vortaro franca..." (tiukaze *moquette*).

Kvankam la aliro de Haupenthal al la taksado de la granda Krause plejparte diferencas de mia aliro, mi tamen konsentas kun lia verdikto: "Vortarojn de tia kalibro ne povas fari unuopuloj". La historio de lingvopolitika evoluigo instruas al ni, ke leksikografia kompilado de la kompleta vortprovizo estas kolosa entrepreno, kiu estas simple neplenumebla ene de unusola homa vivo eĉ por fanatikaj geniuloj (Jacob Grimm mortis prilaborante la germanan kapvorton *Frucht* [= frukto], Eliezer Ben-Yehuda almenaŭ sukcesis avanci ĝis la hebrea kapvorto *Nefeŝ* [= animo]), se oni strebas al enciklopediaj dimensioj.

Pro la abunda konsiderado de (parte plej kuriozaj) sciencaj fakterminoj, Krause sendube etendis la pretendatan kadron de sia vortaro al enciklopediaj dimensioj. La obĵeto, ke li ja povis ĉerpi el diversaj ampleksaj, jam ekzistantaj leksikografiaĵoj en la germana kaj en Esperanto por fari la celon iom malpli utopia, estas facile refutebla per la argumento, ke precize tia sistema ĉerpado estas neniel rimarkebla ĉe Krause.

El la revizio de multegaj kapvortoj, kiujn la recenzintoj estis pritraktintaj, klare evidentiĝas, ke Krause, sendube kun deca konscienceco, pripensis ĉiujn publikigitajn proponojn. La fakto, ke neniu el

j (raraĵoj kaj deriveblaĵo).

laŭtitole pligrandigita pre...

pretendo, la sama logiko es...

...adon de ĉiuj antaŭe mankinta,

...adukoj, per kiuj la nove aldon-

...ksikografio postulas, ke la

...ton antaŭ la malpli ofte uzataj.

...opedia kompleteco, ekzotaĵoj estas

...la ĉiutagaĵoj estas sufiĉe konsideritaj. La

...o inter la (plue ĉeestanta) *Weinlaubgiraffe* kaj la

...anta) *Streuselkuchen* en la nova eldono impresе ilustras

...sproporcion.

Eĉ se ĉiuj mankantaj kapvortoj estus senescepte aldonitaj (ankoraŭ neniel atingita stato de la "Plena vortaro"!), estus tamen tre dezirinde, ke Krause estu serĉinta la kunlaboron de tiufakaj kompetentuloj aŭ, eĉ pli bone, ke li estu sisteme elĉerpinta la fakterminologian antaŭlaboron, kiu estis jam plenumita, por kiel eble plej trafe esperantigi la novajn aldonitaĵojn. La pravigita esperantigo "kalkpuco" por *Kalkputz* (t.e. tegaĵo de masonitaj muroj kaj plafonoj, el kalkoriĉa mortero), kiun Haupenthal malprave nomis "fuŝo", donas bonan ekzemplon de laŭdinda utiligo de valora fakterminologia antaŭlaboro (tiukaze *Terminologiaj konsideroj* fare de Jan Werner, KAVA-PECH 2004), kvankam ĝi aspektas kiel kruda germanismo.

Matthias rekomendis en sia recenzo la fakterminaron *Asekura terminaro seslingva* fare de Marc Vanden Bempt (FEL 2005). Pro la traduko de la nun aldonita kapvorto *Sterbetafel* (tabelo uzata en demografio kaj en aktuaria scienco, kiu montras la probablon, ke persono de certa aĝo mortos antaŭ sia venonta naskiĝtago) per "tabelo de mortintoj", mi forte dubas, ke Krause sekvis ĉi tiun prudentan rekomendon. Sammaniere li evidente ignoris la atentigon de Matthias pri la oficiala termino "legaĵaro" por la Rom-katolika liturgia libro, kiu entenas ĉiujn bibliajn legaĵojn de la tri jarcikloj (*Meslibro kaj legaĵaro por dimanĉoj kaj festoj*, Libreria Editrice Vaticana 1995).

Neniel neglektebla tasko de dulingvaj vortaroj konsistas en la prezentado de frazeologiaĵoj (t.e. parolturnoj kaj proverboj) kaj de iliaj ekvivalentoj. Desmet' estis doninta (kvankam nur malmultajn,

RECENZO

...nkaŭ la laŭpretende
...undan frazeologian
...ekve neniel povas
...klarita celo de
...minologian
...reviziante
...te, ke la
...reme
...eno
...is

...loraj) tiurilatajn konsilojn. Sed
...taro" de 2023 nesufiĉe pritraktas la a...
...lon, je kiu ambaŭ lingvoj estas tiel riĉaj, kaj
...entigi la rajtajn postulojn, kiuj rezultas el la
...leneco".

Kial la aŭtoro ne konsekvence utiligis ĉiun validan u...
antaŭlaboron por proksimigi sian verkon al tiu altefluga cel...
ĝin okaze de la nova eldono, restos lia sekreto. Sed konsidera...
eldonisto montris sin preta garni la nunan eldonon plej malŝ...
per tri binditaj volumoj, mi demandas min, kiamaniere tiu sinde...
estas iel pravigebla. Almenaŭ tri estimindaj konsultantoj jam es...
alportintaj pli-malpli valoran servon al la vortaro, recenzante la...
antaŭan eldonon (por ne mencii multajn, malpli renomajn laborintojn
sur la terminologia kampo).

Laŭ mia observo, Esperantujo estas popolita de abundo da sia-
spece geniaj individuistoj. Kaj la koro de tia genia solisto laŭtipe ne
troe inklinas al la kunlaboro de orkestro. (Bonvolu pardoni ĉi tiun
malkonvenan psikografiaĵon, per kiu mi "etendas la kapon tre aŭdace
tra la fenestro"... aŭ kiel pli trafe esperantigi la metaforan frazeolo-
giaĵon *sich weit aus dem Fenster lehnen*? En la "Plena vortaro" ĝi ne
estas trovebla – nek sub *Fenster* nek sub *lehnen*.)

La resumo fare de Matthias kaj perfekte vortumis la siatempan
staton de la afero kaj senŝanĝe validas ankaŭ por la nova eldono: "Mal-
graŭ ĉia kritiko, la granda Krause estas, se ni rigardas ĝin kiel verkon
de unuopulo, grandioza verko. [...] Krause faris tiom, kiom unu homo
kapablas. Sed certe ni povas kritiki lin pro tio, ke li evidente ne serĉis
la kunlaboron kun esperantistoj, kiuj profunde konas la terminologion
el plej diversaj fakoj."

En la erao de artefarita intelekto estas pli ol urĝa tempo por finfine
disponigi tiajn vortarojn al la legantaro en la jam delonge atendata
formo elektronika. De tiu profitos ankaŭ plibonigotaj estontaj eldonoj
de ĉi tiu grandioza vortaro, el kiuj unu eble iam vere meritos la epiteton
"plena".

Vorte tanita felo

La taŭrofelo. La pell de brau, de Salvador Espriu. Esperanta traduko de Abel Montagut. Dulingve katalune kaj esperante. [Sabadell]: Associació Catalana d'Esperanto, 2021, Kolekto Jaume Grau Casas, 2, 131 p., ISBN 9788493672812.

En recenzo de la dulingva poemaro de la katalunlingva verkisto Salvador Espriu (1913-1985) de 1946 *Cementiri de Sinera. Tombejo de Sinera*[1] mi menciis la gravecon kaj de tiu verko kaj de ĝia aŭtoro ("unu el la plej gravaj katalunaj poetoj de la 20a jarcento"). Des pli atentinda estas *La taŭrofelo. La pell de brau* (1960), lia poemaro plej grava kaj konata ankaŭ internacie, de kiu nun aperas same dulingva eldono, kiel dua numero de la kolekto Jaume Grau Casas, en traduko de Abel Montagut.

Kun etendita taŭrofelo komparis antaŭ du mil jaroj la greka historiisto kaj geografo Strabono la formon de la Ibera Duoninsulo, kaj ĝuste tiun klasikan nomon plu uzas Espriu en la kadro de pli vasta simbolaro ofte simile mita. Por la duoninsulo li uzas ankaŭ la nomon Sefarado, uzitan de mezepokaj diasporaj hebreoj, kaj en la prezento Montagut skribas ke "pli ĝenerale, ĝi povas referenci al iu ajn regiono de la mon-

---

1   "Brila verko en pala traduko", *BA40*, Februaro 2021, p. 148-150; "Una traducció apagada d'una obra brillant", *Kataluna Esperantisto*, n-ro 369 (135), juny/Junio 2021, p. 18-19.

do kie la homoj kunvivadas, migradas aŭ batalas" (p. 7; sampaĝe la tradukinto substrekas ke tiaj simboloj kaj bildoj[2] estas pluredraj kaj ofte prezentas almenaŭ du perspektivojn, t.e. kaj pozitivan kaj negativan").

Olívia Gassol i Bellet, en la enkonduko (p. 19), asertas ke Espriu, en la cenzura panoramo de la diktaturoj de Franco kaj Salazar respektive en Hispanujo (kie Katalunujo sidas) kaj Portugalujo, uzis pretertempe mitajn bildojn kiel tiuj de Strabono kaj Sefarado por iel ĉifri kaj stompi sian kritikan mesaĝon universaligante ĝin.

Hispanujo suferis tiam, kaj plu dum jardekoj, kolektivan psikan traŭmaton kaŭzitan de la hispana interfrata milito[3] (1936-1939). Ni troviĝas do antaŭ verko profunde politike kaj socie engaĝita (ankaŭ per la decido uzi kiel verkolingvon la katalunan), kiu provas trakti tian daŭre apertan vundon ne martele, simpleme kaj pamflete sed per la subtiloj de poezio.

Sur p. 9 Montagut demandadas sin kaj onin ĉu tia, tiu libro havas sencon "por "universala" (t.e., internacia) legantaro", sed jam sur p. 5 li donis respondon: "La esenca mesaĝo de la poemlibro de Espriu estas la superado de la malamo, la paca kunvivado inter la homoj post la interfrata milito, ene de plurkultura kaj plurlingva kunteksto". Ni ne forgesu ke ankoraŭ nuntempe la kunvivado, ĉi tie kaj mult-ali-loke, ne estas senproblema. La eldonan formaton de *Cementiri de Sinera.* *Tombejo de Sinera* (21x21 cm) mi trovis maloportuna; kontraste, *La taŭrofelo. La pell de brau* (15x21 cm) aspektas vide kaj tuŝe pli loga kaj por leganto kaj por bibliotekisto. Simile, dum tiun alian tradukon mi opiniis pala, maleleganta, misfidela, senpoezia, ĉi tiun de Montagut mi ĝenerale povas nur laŭdi kaj aplaŭdi, kvankam kompreneble pri iuj detaloj oni povas esprimi kritikon, kiel mi faros poste[4].

---

2   La ĉi-tiea senco de "bildo" verdire pli kongruas kun la signifo de la neologismo "imaĝo": (en beletro) pervorta prezento de sensa impreso, ne nepre vida; ĝi povas esti rekta aŭ figura; ĝi implicas rekreon de la realo surbaze de elementoj bazitaj sur intuo/intuicio aŭ vizio de la verkisto, kiun oni devas malĉifri.

3   En poezio mi plurfoje uzis la pli kurtan sinonimon fratmilito. En tiu ĉi libro, apud "interfrata milito" (ekzemple en la prezento) aperas ankaŭ "civila milito" (en la enkonduko), laŭ la signifo de "civil" en simila esprimo en pluraj eŭropaj lingvoj, signifo tamen malfacile akordigebla kun tiu de la adjektivo "civila" en Esperanto. Aliaj sufiĉe ofte uzataj esprimoj, kun adjektivoj kiel "interna" aŭ "enlanda", montriĝas ne sufiĉe precizaj, foje eĉ konfuzaj; pli klara eble estus "intercivitana". La metaforo "interfrata" (katalune "fratricida", t.e. fratmortiga, fratmurda, sed ankaŭ, en la poemo 6, "guerra [...] entre germans", t.e. "milito inter gefratoj") pensigas nin eŭropanojn pri la biblia mito de Kaino kaj Habelo, sed komparebaj rakontoj ekzistas ankaŭ en aliaj mitaroj, religioj kaj literaturoj.

4   Iom harfende mi povus komenti nun jenon: en la kataluna la adjektivo normale

La verko konsistas el 54 poemoj, interligitaj per delikata rakonta kaj rezona fadeno, kun averaĝa longeco de po ĉ. 20 versoj, kaj la esperantigo aperas spegulpaĝe apud la kataluna originalo. Pluraj poemoj ne havas rimojn (nek regulan mezuron de la versoj kiel en fiksaj strofoj), en aliaj la rimo estas nur vokala (io kutima en la kataluna kaj la hispana literaturoj), kaj ĝenerale Montagut tradukis senrime, kvankam ne ĉiam, ne ĉie, ne sisteme. Jen sufiĉe reprezenta ekzemplo enhave, lingve kaj stile (poemo 2):

> *Vi estas etendita taŭrofelo,*
> *maljuna Sefarado.*
> *La suno ne kapablas sekigi,*
> *taŭrofelo,*
> *la sangon elverŝitan de ni ĉiuj,*
> *de ni morgaŭ elverŝotan,*
> *taŭrofelo.*
> *Ĉu mi observas sur la maro,*
> *ĉu mi forperdiĝas en la kanton,*
> *ĉu mi profundiĝas trans la revon,*
> *ĉiam kiam mi kuraĝas alrigardi*
> *mian koron kaj ĝian teruron,*
> *mi ekvidas la etenditan taŭrofelon,*
> *maljuna Sefarado.*

Evidente, ne havus sencon provi traduki rimhave ekzemple la 70-verse vire vokalriman poemon 17, ĉar tio devigus perfidi la vortojn, la sencojn kaj la imaĝojn originale elektitajn de la aŭtoro. Tial surprizas min ke en la peco 18 Montagut tradukas plenan rimojn (t.e. ne nur vokalajn) per rimoj same plenaj kvankam foje ŝu-korne enŝovitaj (kiel en la kvara kaj kvina strofoj, kie "estar contents" iĝas "sen lamentoj", kaj "que senzill!" [kiel simple!] – "faro mirakla!"). La tuta esperantigo de tiu poemo impresas iom malglata kaj rebusa, kiel okazas al granda parto de poeziaj verkoj tradukitaj laŭ la longdaŭra, feliĉe jam kaduka modelo de la esperanta parnasismo. Pli sukcesas la vokalrima traduko de preskaŭ ĉiuj trioj de versetoj en la poemoj 40 kaj 42. Persone mi

---

estas postmetita, kaj oni antaŭmetas ĝin por emfazo, dum en Esperanto estas inverse. Do, ekzemple, por traduki la senemfazan "ocell solar" (poemo 16), anstataŭ "birdo suna" eble pli taŭgus "suna birdo". Simile, sampaĝe, la "lanta morto eta" eble prefere estu "eta morto lanta" ("lenta mort petita"). Tiajn ekzemplojn mi trovis plurloke en la tuta traduko.

tute rezignus pri redonado de rimoj, tiom pli se ĝi okazas nur parte (poemo 43). Nu, ĉi-libre mi sentas la mankon de eksplicita, almenaŭ kurta prezento de la kriterioj kaj metodo de la tradukinto, kies laboron pri ĉi verko mi alte aprezas (kaj mi konfesu ke min ravas la ritme kaj mezure plej libera traduko de la komenca versduo de la ero 32: "Mardevena vento kriĉas, / kanej-krada prizonulo").

De la junaĝo de Zamenhof ĝis la Granda Elpurigo[1]

de Brandon Sowers

Esperanto and Languages of Internationalism in Revolutionary Russia, de Brigid O'Keeffe, Bloomsbury, 2021, 266 p., ISBN 9781350160651.

La plej lasta libro de Brigid O'Keeffe – *Esperanto and Languages of Internationalism in Revolutionary Russia* ("Esperanto kaj lingvoj de internaciismo en revolucia Rusio") – rakontas novan historion pri la frua vivo de Esperanto, kiu defias plurajn el niaj ekzistantaj mitoj. Ŝia fakeco kiel historiisto, anstataŭ Esperantisto, ebligas al ŝi apliki siajn konojn pri la socia kunteksto kaj sian teorian komprenon al ŝia esplorado pri Esperanto en Rusio. O'Keeffe zorge atentas la pli vastan kulturan pejzaĝon, de kiu Esperanto formis parton.

O'Keeffe komencas sian rakontadon per la Rusa Imperio en kiu Zamenhof kreskis.[2] Ŝi malakceptas la ideon, ke temis nur pri griza kultura dezerto kun mortnaskita civila socio. Ŝi montras kiel rusaj intelektuloj

---

1   Tiu ĉi artikolo origine aperis en la angla en *Usona Esperantisto* 2021:3 (bulteno. esperanto-usa.org/a/2021/03/okeeffe/en). La jena versio estas esperantigita de la aŭtoro, kun kelkaj modifoj por pli internacia kaj profunde esperanta legantaro, kaj kelkaj ĝisdatigoj. Interesatoj povas ankaŭ spekti la prezenton de Brigid O'Keeffe dum la 2021-a Usona Landa Kongreso (youtu.be/KXaVz1APSgo). La libro estas aĉetebla ĉe Bloomsbury UK (bit.ly/3g5AI5X). Nun validas rabatkodo, "ESPER21", kio povas helpi iom pri la alta kosto de la eldonisto.

2   O'Keeffe esploras la junaĝan cionismon de Zamenhof kaj aliĝas al la argumento de Esther Schor, ke lia transiro al universalismo, esprimita per Esperanto kaj Hilelismo, venis de deziro krei mondon en kiu judoj povos sekure ekzisti inter aliaj popoloj. Aparte interesa detalo estis lia sugesto ke judoj povus setli en "neloĝata" parto de Nord-Ameriko. Des pli konvene, ke Michael Chabon omaĝis al Zamenhof kaj Esperanto en *The Yiddish Policemen's Union* ("La sindikato de jidaj policistoj"), ukronia romano priskribanta judan metropolon en Alasko. (**Ukronio:** fikcio, kiu hipotezas ŝanĝojn de reale okazintaj historiaj faktoj – *Red.*)

kaj urbanoj tiuepokaj estis tre plektitaj kun diversaj "desubaj interna-
ciismoj", same kiel en aliaj mondopartoj. Efektive, plejmulto de la fruaj
esperantistoj troviĝis en la Rusa Imperio.

Laŭ O'Keeffe, Esperanto ne frontis apartajn malfacilaĵojn pro re-
gistara paranojo, nek pro antisemitismo. La ĉefa problemo estis tute
banala: neniu en la cenzurejo scipovis legi ĝin. Kiam finfine eldoniĝis
revuo, oni cenzuris ĝin – sed nur ĉar ĝi enhavis eseon de Tolstoj.

O'Keeffe poste priskribas la kreskon de Esperanto en Francio dum
la periodo antaŭ la unua UK, kiu hazarde koincidis kun la zenito de la
Rusa Revolucio de 1905. O'Keeffe ne estas la unua kiu dokumentas la
klopodojn de la organizantoj mildigi aŭ kaŝi la judecon, la orientecon,
la provincecon kaj malmodernecon de Zamenhof, sed ŝi portas freŝan
interpreton al tiu epizodo.[3]

La Revolucion de 1905 sekvis perfortaj subpremoj kaj pogromoj,
aparte en urboj kun granda kvanto da judaj loĝantoj. Bjalistoko suferis
aparte hororan pogromon en 1906, sojle de la 2-a UK en Ĝenevo. La
organizantoj preferis ke Zamenhof ne parolu tro "politike". Tamen, li
ja parolis rekte pri la perforto en Bjalistoko en fama festparolo, kon-
dukanta al la Interna Ideo, kiu daŭre sentiĝas aktuala pro la kondamno
de interetna kaj interreligia perforto kaj la kreskantaj "muroj inter
popoloj".

O'Keeffe profilas aliajn interesajn rusajn esperantistojn tiuepokajn.
Unu el la priskribitoj estas Vasilij Eroŝenko, la blinda anarkiista poeto
kiu lernis Esperanton en 1908, vojaĝis al Britio en 1912 kaj poste al
Japanio en 1914, kie li pasigis 5 jarojn kaj famiĝis. Ŝi priskribas ankaŭ
kapitanon Postnikov, respektitan oficiron kiu iĝis elstara Esperantisto
en 1907. Postnikov estis la unua prezidanto de Ruslanda Ligo Esperan-
tista kaj laboris senlace por akiri oficialan agnoskon de Esperanto fare
de membroj de la reĝa familio kaj carista burokrataro.[4]

---

3   O'Keeffe emfazas, ke la afero Dreyfus estis parto de la kunteksto por la fran-
    caj organizantoj de la unua UK, kaj verŝajne influis ilian zorgon la konsidero ke
    Zamenhof impresus "tro juda". La afero Dreyfus komenciĝis en 1894 per la sekre-
    ta kondamno de la jud-franca kapitano Alfred Dreyfus. La fama letero *J'Accuse...!*
    (Mi akuzas) de Émile Zola malkaŝis la mensogojn el kiuj rezultis la kondamno, kaj
    tial Zola devis fuĝi el Francio. La franca registaro kolapsis en 1903 pro la afero,
    post kio oni remalfermis la procedon, kaj Dreyfus estis senkulpigita. La afero du-
    polusigis la francan socion, kun fortaj alvokoj al amnestio kaj samtempe pluraj
    antisemitaj tumultoj. La afero Dreyfus konvinkis Theodor Herzl, konatan en la
    nuntempo kiel la spirita patro de la juda ŝtato, transiri de universalismo al cion-
    ismo – do, sekvi la inverson de la zamenhofa evoluo.

4   Kapitano Postnikov estas tre interesa persono. Se mi devus plendi pri unu detalo
    de la libro de O'Keeffe, estus ke mi volis pli da informoj pri Postnikov. Jen kion mi

En 1914 venis la unua mondmilito, kaj kun ĝi la unua Universala Kongreso (UK) nuligita. Kiel multaj aliaj Esperantistoj, Zamenhof jam estis survoje al la Pariza UK kaj subite devis trovi manieron iri hejmen tra landoj kiuj rigardis lin malamiko. O'Keeffe rakontas pri ruso, V. Zavjalov, kiu alvenis al Parizo frue kaj dokumentis renkontiĝojn kun aliaj esperantistoj antaŭ la planita komenco de la kongreso.

Zamenhof, laŭ O'Keeffe, elĉerpis sin per laboro kaj fumado, mortante dum la milito en Varsovio. Nur dum liaj lastaj tagoj venis bona novaĵo: la Februara Revolucio (kiu antaŭis la pli konatan Oktobran Revolucion) komenciĝis nur kelkajn tagojn antaŭ lia morto.[5]

---

trovis: oni arestis lin en 1911, akuzis je armea spionado, kaj rapide kondamnis. Malkiel ĉe Dreyfus, lia kondamno ne kaŭzis socian krizon, kvankam almenaŭ iuj tiam vidis la paralelojn. La Esperanto-movado ja rapide distanciĝis de li, tamen suferis pro sia proksimeco. O'Keeffe mencias tion piednote, kaj supozas ke lia kondamno estis justa, sed ne diras kial. Ŝi ne rakontas lian postan sorton, kiu preskaŭ spegulas tiun de la tuta revolucio. Postnikov ricevis amnestion post la Februara Revolucio kaj revenis al Sankt-Peterburgo, kie li aliĝis al malgranda, ne-bolŝevisma socialista partio. La novaj aŭtoritatoj arestis lin trifoje inter 1919 kaj 1922. En 1925 la tuta estraro de tiu partieto estis arestita; Postnikov estis mortkondamnita kaj pafita. Ĉio tio okazis antaŭ la potenc-akaparo de Stalino, eĉ plenan jardekon antaŭ la Granda Teroro. Li estas la ĉefrolulo de la romano *Dek tagoj de kapitano Postnikov* (Mikaelo Bronŝtejn, 2004), kies intrigo centriĝas ĉirkaŭ lia kondamno en 1911. La romano estis ankaŭ adaptita en teatraĵon okaze de la UK en 2011, jarcenton post lia kondamno. Krome, Postnikov aperas kiel Esperantisto en 1918 en la romano *Mi stelojn jungis al revado*, same de Mikaelo Bronŝtejn. Kvankam Bronŝtejn ne indikas siajn fontojn, estas evidente ke li profunde esploris la tiaman rusian Esperanto-movadon, kaj supozeble havas kialojn montri, ke Postnikov revenis al Esperanto post la revolucio kaj sia rehonorigo. Se Bronŝtejn pravas, tio signifus, ke Postnikov estis unu el la unuaj aktivaj Esperantistoj ekzekutitaj de la soveta ŝtato. Lasta kuriozaĵo pri Postnikov estas ke lia frato Fjodor fuĝis al Usono en 1907, kie li ludis gravan rolon en ties Esperanto-movado – sed tio estas plu esplorenda!

5 Laŭ O'Keeffe: "La novaĵo ke la februara revolucio renversis la carisman aŭtokration, onidire donis esperon al Zamenhof por venonta paco, nova Rusio, pli bona estonteco por la mondo." Post vigla diskuto dum la usona landa kongreso en 2021, mi konsultiĝis kun Hanso Becklin, kiu trovis neniun spuron ke Zamenhof eĉ minimume reagis al la novaĵoj pri la februara revolucio dum siaj lastaj tagoj. Li konsilis la jenan aldonan noton: "O'Keefe donas neniun fonton, kaj aldone nek *Plena Verkaro de Zamenhof* nek la aŭtoritata biografio *Homarano* mencias ion ajn pri lia impreso rilate al la Februara Revolucio. Pro ŝia uzado de ĉefe rusaj fontoj, aŭ tio aperis kiel politike konvena legendo inter la soveta Esperantistaro, aŭ ĝi estas grava kaj aŭtenta malkovro de ĝis nun preteratentita fonto en Esperanto. La unua klarigo, tamen, ŝajnas multe pli kredinda, pro la fakto, ke ne politiko sed religio kaj senmorteco obsedis Zamenhof dum la lastaj monatoj de lia vivo." Mi demandis denove al d-ro O'Keeffe, kiu respondis jene: "Mi ne trovis novajn fontojn pri tio laŭ mia memoro. Mi uzis la malnovajn biografiojn kiam mi referencis tion, ke li onidire ('reportedly') sentis optimismon pri la februara revolucio." Do, mi kredas, ke temas pri simple erara miskonstruo ie, kaj ne pri nova malkovro pri la politika ideraro de Zamenhof.

O'Keeffe klarigas kiel la periodo inter Februaro kaj Oktobro inspiris esperantistojn reklami la valoron de Esperanto por internacia socialismo kaj laboristara interkompreno. Dum tiu ĉi interludo, multaj laboristoj kaj socialistoj venis al Esperanto en Rusio pro revolucia fervoro, dum pluraj el la pli fruaj tiel nomataj "burĝaj" Esperantistoj perdis sian gvidan rolon en la movado.

Tiam venis la Oktobra Revolucio, per kiu la Bolŝevistoj havigis al si la potencon. Dum ilia regado pli striktiĝis, multaj Esperantistoj aliĝis al la bolŝevisma partio kaj orientis sian reklamon de Esperanto laŭ la reganta ideologio kaj la bezonoj esprimitaj de la soveta ŝtato.

Dum la unuaj jaroj post 1917, la Bolŝevistoj esperis inspiri serion de revolucioj tra la tuta mondo. Por progresigi tiajn revoluciojn, ili lanĉis la Komunistan Internacion (Kominternon) en 1919 kiel splitiĝon de la pli frua Socialista Internacio.

O'Keeffe zorge atentas la problemojn de lingvo, tradukado kaj interpretado dum la fruaj renkontiĝoj de Kominterno. Mi trovis la priskribon tre interesa eĉ el pure teknika/lingvistika vidpunkto.

Ĝis tiam la germana rolis kiel pontlingvo socialisma. Ĉiu el la eminentaj socialistoj en ajna lando estis juĝita, almenaŭ parte, laŭ sia esprimkapablo en la germana, kaj akcesore en aliaj lingvoj de Okcidenta Eŭropo, kiel la franca aŭ la angla.

La malfacilaĵoj pri interpretado inspiris unu delegiton proponi la adopton de Esperanto.[6] La propono inspiris senentuziasman komisionon esplori helplingvon, fine sen ajna rezulto.

Meze de la 20-aj, la soveta ŝtato multe pli fokusiĝis pri siaj propra vivopovo kaj stabiliĝo kiel ŝtato. La sovetaj Esperantistoj ŝanĝis sian ŝpuron, kaj komencis aserti novajn utilojn de Esperanto: por la "civitana diplomatio" per korespondo kun laboristoj kaj aktivuloj en aliaj landoj; por la akiro de teknikaj scioj, skemoj, kaj aliaj rimedoj por industriigi la landon; kaj apoge al amaskampanjo por instrui okcidenteŭropajn lingvojn.

La ligoj inter sovetaj kaj fremdaj esperantistoj estas aparte atentokaptaj. Unu el la grandaj allogoj por ordinaraj sovetianoj por lerni kaj praktiki Esperanton estis la eblo trovi plumamikojn tra la tuta mondo, eĉ se oni neniam vojaĝos ekster la propra provinco. La *Soveta Esperanto-Unuiĝo* (SEU) komence kuraĝigis korespondadon kiel manieron por

6 La delegito kiu proponis Esperanton al la Kominterno estis la hispano Ángel Pestaña. Li poste seniluziiĝis pro la aŭtoritatismo kaj korupto, kiujn li vidis en Rusio, kaj liaj raportoj grave rolis por ke la anarkiema laborista movado de Hispanio restu ekster la soveta orbito. http://nodo50.org/esperanto/artik89.htm

ke sovetianoj rakontu la veron pri Rusio kaj preteriru la mensogojn de la fremda kapitalisma gazetaro. Sovetaj Esperantistoj trovis sin en kvazaŭ-unika pozicio, el kiu ili povis rekte priparoli la vivsperton kun amikoj kaj kamaradoj eksterlandaj kun malmulte da cenzurado.

Sed la problemo pri rekta kundivido de la vero, sen superrigardo, estas ke neniu scias kian veron oni rakontas... La solvo de SEU estis ke korespondado iĝu "kolektiva" procedo, eĉ kun sugestoj en la ĵurnaloj kiel respondi oftajn demandojn.

Dum tiu epoko, la estraro de SEU plendis al la soveta oficialularo pri la nekontrolata korespondo kaj pri la sendependeco de la internacia laborista Esperanto-movado (ekzemple *Sennacieca Asocio Tutmonda*) disde Sovetio. Laŭ O'Keeffe, tiuj agoj tragike kontribuis al la fina malvenko de la soveta Esperanto-movado. Se Esperanto ebligas interŝanĝojn nekontrolatajn, per kiuj danĝere kritikaj ideoj povas eniri la landon, tio signifas, laŭ la perspektivo de la soveta burokrataro, ke la lingvo estas problemo, kiu atendas solvon.[7]

Dum Esperanto pli marĝeniĝis en Sovetio, la estraro de SEU serĉis legitimecon. Ili polemikis pri la estonta "lingvo de komunismo", debato en kiu, samkiel por genetiko, arto, aŭ militscienco, la "prava" pozicio estis tiu, kiun momente favoris Stalino.

Ekde 1935, Esperantistoj kun korespondamikoj en Sovetio konstatis ke la respondoj ĉesis veni. Dum la Granda Teroro, ĉiu kun internaciaj ligoj aŭ eĉ scipovo de fremdaj lingvoj estis suspektinda. La ĝenerala sekretario de la sovet-orientita *Internacio de Proleta Esperantistaro* "konfesis" ke Esperanton oni uzis por organizi spion-rondon; pluraj aliaj ĉefoj nomitaj de li sekve same "konfesis", inter ili Ernest Drezen, la ĝenerala sekretario de SEU. Ni scias la sekvojn...

O'Keeffe tre lerte montras la riĉan kaj dinamikan vivon kaj lokon de Esperanto en la ruslanda socio inter 1887 kaj 1937. Ŝia libro espereble kondukos pli da akademia atento al la socia historio de Esperanto kaj la tro ofte preteratentata "Interlingva Demando". Ĝi ankaŭ proponas multon, kiun la nuntempa Esperanto-movado devus konsideri dum la tumulta epoko nuna.

---

7 Tiuteme, la Leningrada kongreso de SAT en 1926 estas aparte interesa. Estis la unua granda internacia Esperanto-aranĝo en Rusio, kaj devis esti granda atingo por la soveta esperantistaro. Sed ŝajnas, ke la aŭtoritatoj preferis, ke internaciaj vizitantoj ne parolu rekte kun sovetiaj civitanoj, sed havu oficialajn "interpretistojn". D-ro O'Keeffe prezentis pli detale tiun kongreson en Decembro 2021 ĉe la konferenco "Centjaro de laborista Esperantismo" en Parizo. Espereble registraĵo de tiu prezento baldaŭ estos spektebla.

Adolf kaj Lidia,
gefiloj de Klara

de Laurent Ramette

La okulvitroj de Lidia, de Aitor Arana, Ars Libri, Lublin. 2023, 203 p., ISBN 9788363698997.

LA OKULVITROJ
DE LIDIA

AITOR ARANA

Laŭ la kovrilo, kiu aperigas foton de Lidia Zamenhof, kaj laŭ la dorspaĝo, kiu anoncas "[j]en la romanigita vivo de Lidia Zamenhof", oni pensus, ke la libro estas biografio de la plej juna ido de la Majstro, verkita en fikcia stilo. Sed supozante tion oni nur duone pravus, ĉar la libro ne estas nur tio. Ĝi estas ankaŭ vivpriskribo, laŭ la sama stilo kaj egalkvante, de Adolf Hitler. La libro enhavas 22 ĉapitrojn, kiuj nomiĝas simple "Lidia unu", "Adolf unu", "Lidia du", "Adolf du" kaj tiel plu. Fakte temas pri membiografio. Lidia Zamenhof kaj Adolf Hitler paralele rakontas sian vivon en mi-formo kaj kronologia ordo. Ĉiu rakontas sian devenon, la etimologion de sia familia nomo, la laboron de sia patro, kaj la grandajn etapojn de sia vivo ĝis la propra morto dum la dua mondmilito. Aldone la libro finiĝas per 23-a ĉapitro centprocente fikcia, nomiĝanta "Treblinka", en kiu malkaŝiĝas la senco de la titolo, kiu estas uzata ne nur figure sed ankaŭ laŭvorte. Post tio la libron fermas postparolo de Margareta Zaleski-Zamenhof.

La ducentpaĝa libro de la eŭska aŭtoro Aitor Arana, kiu mem esperantigis sian libron el la eŭska lingvo, estas kaj stranga kaj interesa kombinaĵo.

Stranga unue ĉar oni povas demandi sin kial asocii tiujn du homojn en unu libro. Ĉu estas verŝajne, ke leganto kiu interesiĝas pri la vivo de Lidia kaj pri Esperanto interesiĝas ankaŭ pri la vivo de la nazia gvidanto? Kunmeti en sama libro tiujn du historiajn personojn ne facile kompreniĝas, ĉar tiu, kiu volas legi detale pri la vivo de la plej juna filino de Ludoviko Lazaro Zamenhof probable elektus legi la faman verkon de

Laurent Ramette

... ue ekstrema
nanoj; Konsekvence, ke li
uas kun nia ideo pri
e fama viro, pro tio
oski ke li estis nur

uel Taylor Coleridge,
e neeblaj en la rea...
alofte uzata...
tas plu...
l...

de *Mia lukto* kaj
as klarigi divers-
ke ambaŭ rice-
preskaŭ rice-
troj) kaj sama
Li kreskis en
e abeloj ĝefiloj.
oj ne miksas
iu kun slavoj
n kun slavoj
omaranis-
'us de Hitler
'us obstine
nilaŝoj, eĉ
'irino no-

gas ilin,
tan vi-
lamon,
e estis
i ser-
r per
eble,
sta

ĉar la homo estas libera,
no de ties vivo. Sekve de tio,
vivo de homo povos okazi nur
nto estas tekniko kiun verkistoj
'ecize tia tekniko kutime celas ko-
o strangas en la libro pri Lidia kaj
etas novan lumon sur la rolulojn kaj
d amuza.

asertado tra la tuta libro pri tio, ke Hit-
erlaboris monon kiel prostituito antaŭ ol
ekzistas kelkaj asertoj pri la samseksemo
istoriistoj) malakceptas tiun tezon. Kaj pri
ekzistas absolute nenio por subteni tian fan-
pri tiu temo? Eble la intereso de la libro kuŝas
ksaŝo de fikcio kaj realo.

estas vidata en Okcidento kiel la plej konata
a malbono, de perfekta monstro, unuvorte de mal-
fontas el tio ke oni taksas lian malmoralecon pro-
de mortoj kiujn li estigis. Simple dirite, Hitler estas
r li respondecas pri la Holokaŭsto. Tamen la genocido
doj neniam povus okazi pro la decido de nur unu homo.
tis bezonataj por efektivigi tian frenezan projekton. Plie

so de Lidia Zamenhof, Filino de Esperanto, Wendy Heller, Flandra Espe-
), Antverpeno, 2007
boulevard, Billy Wilder, Paramount Pictures, 1950

Kvankam iom surpriza, la asocio inter la aŭtor...
tiu de Por ke la tagoj de la homaro estu pli lumaj po...
maniere kaj interesi. La du samtempuloj similis en ti...
vis ideologian heredaĵon de patro perdita en juneco, ...
aĝo. La libro bone montras, kiel gravas la ligoj inter ger...
Adolf Hitler ne estis genetike monstra ekde sia naskiĝ...
medio kiu bredis tion. Ekzemple lia patro instruis al li, ...
kiel germanoj: "purrasaj kaj laboremaj". Li aldonis ke ab...
sin kun vespoj aŭ burdoj, same kiel germanoj ne miksu s...
kaj judoj. Certe la hereditaj idealoj diferencas en tio, ke...
estis terura kaj murda rasismo, dum tiu de Zamenhof estis...
mo – sed restas, ke ambaŭ ricevis mondkoncepton kaj labo...
kaj tutvive al la atingo de la transdonita celo. Fine pri la s...
se temas pri detalo, menciindas ankaŭ ke ambaŭ naskiĝis el...
miganta Klara.

Ankaŭ la diferencoj inter la du protagonistoj iusence kun...
kaj la libro lerte montras tiujn kontrastojn. Unu dediĉis sian t...
von al amo, paco, interfratiĝo inter ĉiuj homoj. La alia celis ma...
okazigis mondmiliton kaj disigis la homojn. Laŭ Hitler unuflank...
la arja raso kiu devus regi, aliflanke estis subhomoj kiuj devus es...
vistoj de la unuaj, kaj judoj konsiderataj kiel problemo solvota nu...
ekstermado. Plia kontraŭeco inter tiuj du homoj estas, kompren...
ke unu estis fervora antisemito, dum la alia estis sekulara judo. L...
kaj tragedia malsimetrio estas, ke Adolf nerekte mortigis Lidian.

Finvorte eblas diri, ke la bizara kunligado en tiu libro de du vivoj...
personoj diametre kontraŭaj iom pensigas pri la filmo Hiroŝimo, ...
amato[3] reĝisorita de Alain Resnais, kies scenaron aŭtoris de Marguer...

3   Hiroshima, mon amour, Alain Resnais, Argos Films, Como Films, Daiei Studi...
    Pathé Overseas Productions, 1959

Adolf kaj Lidia, gefiloj de Klara

Duras. Tiu verko, kiu jam en la titolo per skandala apozicio kungrupigas morton kaj amon, impresas maltaŭge, preskaŭ malkonvene. Tiu procedo, kiu kontraŭmetas du malajn konceptojn, frazojn aŭ rolantojn, celas reliefigi ideon per efiko de kontrasto, estas uzita en tiu filmo por montri la dialektikon inter memoro kaj forgeso. Pri la libro Adolf–Lidia eblas argumenti, ke la antitezo inter la du roluloj emfazas la universalecon de la homaro.

Ĉu tiu literatura verko estas stranga aŭ interesa kombinaĵo, la leganto decidu mem.

La aventurema pneŭo de masonisto

de Javier Alcalde

A 1930s bicycle adventure from Holland to North Africa, de Siem de Waal, ne eldonita.

Eble por tiuj, kiuj spektis la dokumentan filmon de Sam Green *The Universal Language* (2011), la nomo Siem de Waal ne estas fremda. Temas pri la masonisto kiu en 1935 konstruis Esperanto-monumenton en la nederlanda insulo Texel. "Pacifisto, internaciisto kaj entuziasma esperantisto", difinas lin lia filo Cornelius de Waal en biografia eseeto, kiu enkondukas la tekston.

Infanaĝe de Waal ne kapablis koncentriĝi dum la lecionoj en la lernejo. Enorma mapo de Eŭropo kaptis lian atenton. Li imagis forajn homojn kaj forajn landojn, sed tio restis revo. Tamen, kiam dekokjara li lernas Esperanton, li tuj ekplanas realigi ĝin. En 1933 de Waal partoprenas la UK-on en Kolonjo, kaj vizitas ankaŭ Belgion; en 1934 la UK-on en Stokholmo, sed ankaŭ Parizon kaj Berlinon, ĉiam bicikle kaj pere de la internacia lingvo. Sed li estas juna, havas grandan volon koni la mondon, kaj sentas sin forta. Li bezonas pli ambician projekton.

Du monatojn post la inaŭguro de la monumento, Siem de Waal entreprenas biciklan aventuron el Nederlando ĝis Norda Afriko. Profesia ĵurnalisto, li verkas belstile pri tiu vojaĝo – liaj kronikoj aperas realtempe en la loka ĵurnalo *Texelsche Courant*. Akra observanto, li rimarkas malstabilecon en kelkaj landoj, malriĉecon en aliaj. Mensmalferme li ne timas danĝerojn kaj ne havas antaŭjuĝojn. Empatie li klopodas kompreni kial homoj en aliaj mondopartoj kondutas malsame al liaj samlandanoj. Sciante ke li verkas por neesperantistoj, li atentigas siajn legantojn pri la avantaĝoj kiujn li ĝuas danke al la internacia lingvo. Sponsoras lin bicikla kompanio (*Union Rijwielfabriek*) kaj pneŭa kompanio (*Radium Bandenfabriek*), kaj akompanas lin alia esperantisto, la aŭstro Max Frey.

La 21-an julion 1935 li adiaŭas la familion kaj la esperantistojn el Texel. Unue li iras al Amsterdamo, kie li havas familianojn. Fotokamerao kaj dorsosako, jen ĉio kion li bezonas por komenci la vojaĝon. La postan tagon li gastas en Ede ĉe du fratinoj, kiuj ankaŭ biciklis al la Stokholma UK jaron pli frue. Poste li dormas ekstere, ĉe la bordo de la rivero Mozo. Post zorga registrado ĉe la landlimo (oni volas scii ĉu li kunportas gazetojn kaj ĵurnalojn), de Waal eniras Germanion. En Kolonjo esperantistoj bonvenigas kaj akompanas lin, kune ili vizitas klubon de esperantaj tramkondukistoj kaj vespere ĉeestas pupteatraĵon. Nekredeble, la pupoj uzas fi-vortojn en Esperanto! Tie li prelegas unuafoje pri Texel kaj pri la esperanta movado en lia naskiĝinsulo.

La libro plenas je anekdotoj pri la humaneco kiun fremdulo trovas (kaj maltrovas) en nekonata lando. Ekzemple survoje al la Nigra Arbaro, de Waal haltas ĉe bieno kaj petas varman akvon por pretigi sian teon. Oni respondas al li "Nein". Ne senkuraĝiĝante, li proponas kundividi la teon. Tiam la germana sinteno ŝanĝiĝas.

En Germanio kontraŭjudaj afiŝoj frapas lin. "Judoj ne estas bonvenaj ĉi tie", "La vojo al Jerusalemo ne trairas tiun ĉi vilaĝon"; li eĉ havas la strangan sperton kunbicikli apud hitleranaj junuloj. Aliflanke, vidinte la esperantan flagon, homo alproksimiĝas al li en Bazelo, Svislando. Post mallonga konversacio li ekkrias: "Ho! Vi estas Siem de Waal, vi konstruis la monumenton!"

Radikala optimisto, de Waal aprezas la malgrandajn plezurojn de la vivo. Li ĝuas kiam li supreniras, sed ankaŭ kiam li malsupreniras. Bonŝance li neniam suferas gravan akcidenton. Foje oni malbone indikas al li la direkton. Ne gravas, li fakte kontentas ĉar tiel li havas la ŝancon ĝui eksterordinaran pejzaĝon. Li ne rifuzas kunbicikli kun spontaneaj partneroj. Kaj ne malofte li akceptas sportajn defiojn, kiujn la naturo sugestas al li, ĝenerale pli malfacilajn ol antaŭvidite.

De Waal admiras la belecojn de montoj, lagoj, arbaroj... la malgrandecon de homo fronte al naturo. Kutime li haltas por observi, rigardi, foti. Malsamaj klimatoj, sed ankaŭ malsamaj kulturoj. Je la alia flanko de la svisaj Alpoj oni parolas itale! Li pripensas pri la utilo de Esperanto en tiaj multlingvaj teritorioj. Similajn pensojn li havos biciklante apud la Danubo.

En Italio li partoprenas la UK-on kaj verkas por sia neesperanta publiko pri la frateco, kiun oni sentas inter homoj venintaj el la tuta mondo. Ili kunturismumas sen iu ajn komunika problemo, kaj foje oni rimarkas nur post iom da tempo, ke la kunbabilanto estas samlandano. La kongresa fermo okazas en ŝipo meze de la maro. De Waal klarigas al siaj legantoj ke temas pri emocia evento, ĉar en Esperanto oni kapablas esprimi ĉion ajn, kaj ke ne plu estas landlimoj. Li ankaŭ mencias misterajn Kupidsagojn... Post Milano, en Florenco de Waal kuniĝas kun Max Frey, sia Viena kunbiciklanto. En Romo multas la vidindaĵoj, plej elstare la Koloseo. En Vatikano mirindas la kvanto kaj kvalito de arto. En Napolo la urbo belas, sed la stratoj malpuras kaj mizero abundas; kaj ili suferas la agadon de ŝtelistoj. Pompejo interesegas, sed tie la esperantaj ekskursoj ne sufiĉas por ilia aventurema spirito.

Tial ili organizas privatan bicikladon al Vezuvio. Temas pri aktiva vulkano, kies vojon ili kuraĝas sekvi ĝis la kratero. De Waal klarigas ĉiun detalon, inkluzive de la problemoj de Frey por daŭrigi ĝis la fino, kaj tiam li profitas la situacion por montri la avantaĝojn de siaj sponsoritaj bicikloj kaj pneŭoj. Post pluraj neatenditaj okazaĵoj, ili revenas hotelen nur je la 5.30 matene. Ne estas tempo por dormi, la grupo ekskursas tiam al Kapreo. Lasta etapo antaŭ Afriko estas Sicilio; esperantistoj bonvenigas ilin en Palermo, sed surprizas ilin ke multaj familioj loĝas en unuĉambraj dometoj.

En Tunizio ili trovas novan agrikulturon sed ne alkutimiĝas al la tiea akvo. Ju pli suden ili bicklas, des pli interesa la vojaĝo fariĝas. De Waal priskribas arabojn kaj nigrulojn loĝantajn en etaj kabanoj, multe pli malgrandaj ol la domoj pri kiuj tro ofte plendas nederlandanoj, diras de Waal. Li montras konstante sian toleron antaŭ malsamaj kutimoj, eĉ se kelkaj delikataj manĝaĵoj estas tro strangaj, kiel helikoj. Venas tagoj de dezerto, romantikaj noktoj sub la nordafrika ĉielo, trapikiĝoj en iliaj pneŭoj, la montaro Atlaso, kaj eta malsano de Frey, eble pro la akvo.

El Alĝerio Frey decidas reveni hejmen, sed poste trovas novan energion kaj daŭrigas la vojaĝon ĝis Alĝero. Ofte amasoj da scivolemuloj alproksimiĝas por rigardadi ilin, sed ili ne sentas danĝeron, ankaŭ ne pri bestoj. Ironie de Waal konkludas "la plej granda danĝero ĉi tie estas preĝantaj islamanoj". En Philippeville, policano petas de ili dokumentojn. Nekredeble li faras tion en perfekta Esperanto, ĉar li vidis la verdan flagon sur la biciklo. Li klarigas, ke la movado fortas en tiu vilaĝo, ili vizitas la klubon kaj kunpasigas agrablan tempon. Tiuj du tagoj estas oazo en la vojaĝo. "Multan dankon, afrikaj amikoj", skribas de Waal. Kaj daŭrigas la rakonton jene: "Estas io mirinda pri Esperanto. Vi neniam renkontis lin, vi neniam aŭdis unu pri la alia. Subite vi renkontas iun portantan la verdan stelon kaj estas kvazaŭ vi korespondas kun li de jaroj."

La biciklado apud la Mediteraneo impresas, temas pri ŝoseo "nekredeble bela". Kameloj kaj azenoj, "magiaj noktoj", dek kvin sovaĝaj simioj kiuj trapasas la vojon... Iam ili haltas ĉe franc-aspekta vilaĝo. En trinkejo, Frey ludas *Bluan Danubon* ĉe la piano, kaj poste ambaŭ kunkantas esperantajn kantojn. La vespero sukcesas, ili vespermanĝas kaj tranoktas senpage.

Maroko estas rapida etapo, ĉar oni atendas ilin en Eŭropo. Bedaŭrinde pro la malsano de Frey ili malfruiĝas, tiel ke ne estas tempo por viziti Kazablankon. El Orano ili prenas ŝipon ĝis Alakanto.

Por repreni la biciklojn, la hispana polico devigas ilin pagi 1480 pesetojn kiel dogan-imposton. Post kelkaj tagoj la mono alvenas per poŝto, kaj ili daŭrigas la vojaĝon. La tieaj vilaĝoj ne luksas, sed pentrindas. La manĝaĵoj kaj trinkaĵoj elstaras kaj malmultekostas, ĉefe la vino. Ie en la hispana montaro saltantaj kaproj vekas ilin. Kaj kiom da analfabeteco ili trovas en Hispanio! Serĉante la vojon ĝis Albacete, ili ne kapablas trovi lokanon kiu legas ilian skribitan paperon. La ŝoseo bonas, malgraŭ tio ke la lando malriĉas. Multe da azenoj ili devancas sur la vojo.

En Madrido ili tuj iras al taŭrobatalo. Ili volas scii pri kio temas. Jen kruela, tortura spektaklo. Konsciante, ke la nederlandanoj ne havas tiun sperton, De Waal klarigas ĉiun detalon. Ankaŭ la pasion kun kiu la publiko aklamas la taŭriston. Ili tamen sentas pli da empatio kun la bestoj. Pri la tiama Hispanio ni ekscias, ke "Miss Hispanio" havas en la taŭrejo tie honorseĝon. Malgraŭ ĉio, la hispanoj estas afablaj kaj helpemaj kun la eksterlandanoj. Multe da almozpetantoj tamen. Ĉe esperanta klubo, de Waal prelegas pri ilia vojaĝo, pri Nederlando kaj pri Texel.

Survoje al Zaragozo, la aridaj terkulturaj kondiĉoj igas ilin admiri la lokajn farmistojn. Kun la esperantistoj ili vizitas la urbajn vidindaĵojn. Kaj poste ili prelegas antaŭ cent homoj. Eĉ kvar esperantaj kursoj okazas tie samtempe, la movado fortas. La biciklistoj kontentas kaj dankas la samideanan gastamon. Surprizas ilin la nokta vivo, estas pli da homoj surstrate je noktomezo ol tagmeze! Sekva etapo: Katalunio.

Jen regiono plena de soldatoj kaj policanoj. Pli ol dek fojojn tage oni petas de ili personajn dokumentojn. Oni ne permesas publikajn kunvenojn de pli ol tri homoj. Unua konstato: Katalunio ne estas paca. Post konatiĝo kun la loka esperantistaro, dua konstato: ĉi tie oni parolas alian lingvon kaj oni ne sentas sin hispanaj. Kaj post legado de la ĵurnaloj, tria konstato: perceptiĝas revolucia spirito, estas multe da anarkiistoj kaj komunistoj. En Barcelono, de Waal prelegas kvinfoje al malsamaj Esperanto-grupoj. Kaj ili reprenas la bicikladon norden, gastante en Ripoll, denove ĉe esperantistoj. Ĉe la landlimo ili konkludas: en Hispanio estas ne fiero kaj pigro, kiel oni kredas en Nederlando, sed granda volo evoluigi la landon. Alvenis la momento reveni hejmen.

Andoro estas liliputa respubliko, kies loĝantoj perlaboras sian panon ĉefe per kontrabandado. La Pireneaj vojoj rigoras, foje ili devas marŝi kun la bicikloj, kiel okazis ankaŭ en Afriko. Je la pinto de la montaro la nuboj videblas sube, nepriskribebla sento. Ili trapasas Francion rapide, mirante interalie kiom popularas glob-ludo. En Montekarlo mirigas ilin la luksaj aŭtomobiloj parkitaj antaŭ la fama kazino. En Italio ili decidas ne viziti Ĝenovon ĉar ne tro interesas, kaj ili daŭrigas la vojon ĝis Milano. Trairante la Dolomitojn, ili alvenas en Aŭstrion, kie denove abundas la soldatoj.

En tiu momento de la vojaĝo ĉefrolas pripensoj pri estonta milito. En italaj vilaĝoj ili vidis multajn afiŝojn pri Mussolini, kiujn bedaŭras la biciklistaj pacifistoj. Ili diskutas kun la lokanoj pri la neceso havi afrikajn koloniojn. En la malriĉa Hungario ili empatias kun tiuj, kiuj perdis grandan parton de sia teritorio post la unua mondmilito kaj komprenas ilian simpation por Mussolini, kiu promesis ŝanĝi la situacion. Kompreneble "ne per milito, sed per justeco", ironias de Waal. En Ĉeĥoslovakio la etnaj tensioj evidentas, tiu artefarita lando ne daŭros, opinias ili. Ĝenerale en centra Eŭropo ili vidas ĝis kioma grado politikaj landlimoj ne koincidas kun etnaj landlimoj, en zorgiga epoko de kreskanta naciismo. Denove en Germanio, la nazia propagando ĉiam pli oftas kaj la lokanoj kredas je ĝi kvazaŭ je nedubebla vero. En Vieno ili restas iom longe ĉe la hotelo posedata de la gepatroj de Frey, ili ĝojas vizitante la Esperanto-muzeon, kaj de Waal havas interesan sperton dum iu vidvino-nokto. "Vivu longe, Esperanto, la artefarita lingvo, kun reala animo. Kie vi estas, helplingva pesimisto?"

Tiel finiĝas la bicikla aventuro de Siem de Waal el Nederlando ĝis Norda Afriko. Ĉu ekzistas eldonisto interesita pri ĝia publikigo?[1]

---

1   La originalan tekston en la nederlanda la filo tradukigis en la anglan. Tiun version mi legis. Eblus tial publikigi ĝin kaj angle kaj nederlande. Kaj volonte ankaŭ alilingve, ĉar eldonrajtoj ne estas.

www.ingramcontent.com/pod-product-compliance
Lightning Source LLC
Chambersburg PA
CBHW031941260626
47157CB00016B/1834